KB106769

소리를 갈아타다

이 도서의 국립중앙도서관 출판예정도서목록(CIP)은 서지정보유통지
원시스템 홈페이지(http://seoji.nl.go.kr)와 국가자료종합목록 구축
시스템(http://kolis-net.nl.go.kr)에서 이용하실 수 있습니다.
(CIP제어번호 : CIP2020025193)

김철순 산문
소리를 갈아타다

인쇄 | 2020년 7월 10일
발행 | 2020년 7월 15일

글·사진 | 김철순
펴낸 이 | 장호병
펴낸 곳 | 북랜드
　　　　　06252 서울 강남구 강남대로 320, 황화빌딩 1108호
　　　　　대표전화 (02)732-4574, (053)252-9114
　　　　　팩시밀리 (02)734-4574, (053)252-9334
　　　　　등록일 | 1999년 11월 11일
　　　　　등록번호 | 제13-615호
　　　　　홈페이지 | www.bookland.co.kr
　　　　　이-메일 | bookland@hanmeil.net

책임편집 | 김인옥

ⓒ 김철순, 2020, Printed in Korea
저자와의 협의하에 인지를 생략합니다.

ISBN 978-89-7787-941-6 03810
ISBN 978-89-7787-942-3 05810(E-book)

값 13,000원

소리를 갈아타다

김철순 산문

북랜드

작가의 말

동네를 둘러싼 바다와 솔숲 속으로 걷고 달린다. 이 풍경을 무척 좋아한다. 엉킨 생각도 솔숲 한 바퀴 돌고 나면 명쾌해진다. 화려한 도심보다 숲과 물이 있는 곳이 내 정서와 맞다. 시골스러운 사람이 정이 가고 밥상도 푸성귀가 더 당긴다. 흙냄새만 맡아도 기분이 좋아진다.

내 안에 이야기를 오래 보듬고 있었다. 글쓰기는 내 삶의 한 부분이었다. 틈틈이 글공부를 했다. 책을 읽으며 감성을 가다듬었다. 펜을 들고 서툴지만 한 줄기 두 줄기 써 내려갔다. 시간이 흐르면서 작은 열매도 맺었다. 가슴에 영근 알맹이들이 지금은 밀알이 되어 또 다른 발아를 꿈꾼다. 사진을 찍으면서 스쳐 가는 일상을 넓은 안목으로 바라볼 수 있었다. 글을 쓴다는 것은 노동의 대가만큼 묘한 매력이 있다.

내 글에는 고향이야기가 많다. 나도 모르게 그 기슭에 머문다. 고향 풍경은 마음 깊이 깔려 싹을 틔우고 줄기를 내어 잎을 피운다. 언제 떠올려도 싫증나지 않는 내 생의 뿌리인 셈이다.

『소리를 갈아타다』는 소박한 삶을 적은 산문이다. 다섯 장으로 나누어진 글은 뚜렷한 경계가 없다. 글 속에 보이는 어머니와 아버지 형제들은 내 이웃의 모습일 수 있다. 부르면 금방이라도 달려 나오는 끈끈한 정 같은 것이다.

오랫동안 같이 한 문우들이 있어 여기까지 왔다. 같이 호흡하고 정을 나누며 글밭을 일구었다. 문학으로 이끌어주신 여러 선생님께도 감사를 드린다. 그리고 나를 편안하게 바라보는 사랑하는 가족들에게 고맙다.

2020년 여름
김 철 순

차례

1 매화 향기를 베다

솜꽃 *2*

3 소리를 갈아타다

풍경으로 말하는 왕릉 4

5 배롱꽃

1

매화 향기를 베다

매화 향기를 베다

베개를 벤다. 수면에 좋다고 해서 만든 매실 베개다. 딱딱하면서도 안정된 촉감이 목 언저리에 전해져 온다. 몸을 뒤척일 때마다 다글다글 구르는 소리에 머리가 맑아지는 느낌이 든다. 처음에는 약간 거북했지만 길들이니 솜을 채운 베개보다 편안하다.

고향 집 마당에는 매화나무가 있었다. 십여 년 자란 나무는 함박눈이 오는 혹독한 추위에도 끄떡없었다. 겨울 삭풍에 서 있는 매화나무는 움츠려 있지만은 않았다. 한 해 동안 꽃 피우고 열매 맺느라 굽어지고 상처 난 가지에 햇살을 모아 추스르고 다독였다. 연명할 만큼의 물만 빨아올리며 삼동을 건너온 매화나무는 눈보라 속에서 향기를 머금어 그 자태가 선연했다. 꽃샘바람까지 이겨내고 꽃이

12

만발하면 마당이 환해지는 것 같았다. 매화나무는 철철이 색다른 풍경을 그렸다.

꽃 진 자리에 매실이 열렸다. 매실은 이가 시리도록 상큼했다. 생각만 해도 침이 고이고 갈증이 가셨다. 잘 익은 매실은 살구 맛이 났다. 하지가 되면 어머니는 매실을 따서 항아리에 넣었다. 상큼한 향기는 집안에 며칠 동안 머물렀다. 매실청은 배앓이 상비약으로 보관했다. 더부룩한 속을 달래주는 속청이었다. 매실청으로 차를 만들었다. 여름날은 시원하게 겨울에는 따끈하게 몸을 다스렸다. 양념으로 나물 무침과 조림요리에 조청 대신 넣으면 향긋한 맛이 났다. 백일 동안 숙성된 매실 향은 매화 향보다 진했다.

나이 든 매화나무는 곡선이 부드럽다. 이른 봄 묵은 가지에 매화 한두 송이 툭툭 터지면 고요한 선율이 흐른다. 꽃이 지면 그 자리가 허전해질까 봐 새순이 금방 돋아 어느새 무성해진다. 꽃이 피어 열매 맺기까지 매화나무의 절정기를 지나면서 휘어지고 부드러워져 그 모양새도 낮게 갖추어진다.

매실 속에는 많은 것이 들어있다. 한여름 번개와 천둥의 놀람이 새겨지고 나무에 둥지를 튼 참새의 지저귐과 곤줄박이의 울음도 들어있다. 매실 알알이 겨울의 인내와 봄의 정취와 여름의 번성함도 들어있으리라.

씨앗 한 알을 들여다보면 점점이 박힌 숨구멍이 있다. 바람, 이슬,

눈, 비까지 마신 흔적이다. 단단한 껍데기로 싸고 있는 씨앗은 겹겹이 주름이 잡힌 입을 꽉 오므리고 있다. 그 속에는 생명 하나가 잉태되어 있다. 한 알의 씨앗이 자라 세상을 푸르고 생기롭게 한다.

매실 씨앗을 모아 베개를 만든다. 육즙을 우려낸 말캉해진 매실을 푹 삶아내어 대소쿠리에 박박 문질러 육질을 벗겨낸다. 그러고는 여름 볕에 널어 이리저리 굴린다. 바싹 말린 씨앗은 눈부시도록 뽀얗게 또록또록해진다. 씨앗의 뾰족한 침은 무딘 칼로 다듬으면 동글동글하게 얌전해진다. 씨앗을 베개 속통에 넣으면 매실 베개가 된다. 매실 베개를 흔들면 딸각거리는 소리가 정겹다.

꿈같은 신혼, 원앙금침 속에는 신랑과 내가 머리를 뉘고도 남을 구봉침 베개가 들어있었다. 베갯잇에는 어머니가 수놓은 매화 그림이 그려져 있어 밤마다 매화꽃 속에 머리를 누이었다. 양 베갯모에는 암수 봉황 한 쌍과 새끼 일곱 마리가 명주실로 수 놓여있다. 부귀와 다복 그리고 장수를 바라는 마음이 담긴 문양이었다. 그 기억의 집합이 내 가슴속에 진한 매화 향기로 남아있다.

친정어머니는 신랑과 다투더라도 잠은 꼭 한 베개를 베고 자라고 당부했다. 서로 생각의 높이를 같이하라는 깊은 마음이었으리라. 중매로 만나 낯가림도 있었지만 한 베개에 머리를 뉘며 정이 들었다. 불같은 남편과 물 같은 나는 베갯머리에서 밀고 당기며 서로를 맞추어갔다. 어머니는 베개를 꿈을 꾸는 자리라고 함부로 밟거나 던지지도 말라고 했다.

살면서 늘 꿈을 꾸었다. 매화나무가 아름답게 꽃을 피우듯 예술을 향한 소망들이 자꾸만 돋아났다. 그것은 내 삶을 지탱하는 줄기였기에 잘 가꾸고 싶었다. 하지만 팍팍한 현실 앞에서 자꾸만 시들어갔다. 삶이 나아지고 나서 뒤를 돌아보니 어느새 나는 지천명 고개를 훌쩍 넘고 있었다.

틈틈이 글공부를 했다. 못다 읽은 책을 읽으며 감성을 가다듬었다. 펜을 들고 서툴지만 한 줄기 두 줄기 써 내려갔다. 시간이 흐르면서 작은 열매도 맺었다. 자랑거리는 아니라도 가슴에 영근 알맹이들이 지금은 밀알이 되어 또 다른 발아를 꿈꾼다. 다음 해에 싹 틔울 매실 씨앗처럼.

어언 수많은 계절을 순환했다. 따뜻한 봄날인가 하면 어느새 폭염의 여름이고 서늘한 가을인가 하면 삭풍이 몰아치는 겨울이었다. 그 숱한 계절을 지나오는 동안 나는 얼마나 향기롭게 꽃을 피우고 탐스러운 열매를 맺은 나무로 성장했을까. 가끔 고향 집에 들러 매화나무를 볼 때마다 내 삶의 향기를 생각한다.

잘 익은 삶에는 발효된 희로애락이 들어있다. 그것들은 나를 단단하게 했고 그 안에는 물과 바람과 하늘과 내가 사는 세상의 모든 소리까지 들어있다.

매실 베개에 머리를 누이면 인생의 사계를 베는 기분이다.

내게서 멀어지는 것은

독 안에서 시큼한 냄새가 난다. 뚜껑을 여니 검은 봉지 틈으로 새순들이 핼쑥하게 목을 빼고 있다. 당근, 감자를 사서 잠시 넣어둔 게 한 달이 지났다. 저들이 싹까지 틔우며 얼마나 구시렁거렸을까. 바닥에 쏟으니 곪은 상처에 상한 물이 배어 제 모양을 잃었다. 생명이 있는 것들을 무심하게 가두어 저들의 꿈을 저버렸다. 싹 한 잎 틔우는 농부의 정성보다 채소 한 뿌리를 화폐의 가치로만 여기던 마음이 부끄럽다. 상한 뿌리가 내 물컹한 건망을 깨운다.

잊는다는 것은 마음에서 멀어진 것이다. 생각이 깜박거릴 때는 번개처럼 살아나지만 건망의 수위가 높아지면 불씨까지 꺼진다.

꼭 해야 할 일도 기억 저편에 물러앉아 나를 시험하듯 기다릴 때도 있다.

우거진 산사 수목에 발을 내리는 순간이었다. '가스 불!' 머리를 때리듯 생각났다. 오가피 물을 더 우리려고 가스 불을 낮추고 집을 나와 버렸다. 집에서 달려온 지 두 시간이 지나 돌아가긴 너무 먼 거리다. 생 땀이 나고 극도로 불안해졌다.

아파트 관리실에 전화로 급한 상황을 알리고 연락을 기다리는데 온몸에 소름이 돋았다. 질경이 위로 수없이 맴을 돌아 멍든 길이 생겼다. 정신을 가다듬고 생각만으로 집안을 더듬었다. 자욱한 연기 속으로 고양이가 갈팡질팡거렸다. 얼마 전에 이웃이 달랄 때 보냈어야 했다. 올봄에 화재보험을 괜히 들었나. 집안에 무심하던 것들이 귀한 물건이 되어 벌건 손을 내흔들었다. 상상이 현실인 듯 시한폭탄 같은 마음이었다.

'뚜루룽' 전화 소리에 비보를 들을 것 같아 사시나무처럼 떨렸다. 수화기 너머로 느릿한 말투가 "가스 불에 주전자가 벌겋게 타고 있습니다. 어떡할까요?" 나도 모르게 "꺼야죠!" 소리를 질렀다. 가슴에 바짝 올라붙었던 돌덩이가 내려앉았다. 이성을 찾은 나는 전화기에 허리를 굽히며 고맙다고 절을 하고 있었다.

오랜만에 남편과 나들이 나온 길이었다. 오월의 싱그러운 벚나무 길을 달리다 참외 원두막에 쉬어가며 집안일에 잠시 멀어져 있었다. 감성이 앞서는 내 성향이 이성을 더 무디게 했다. 다행히 기억 끝머리에서라도 깨어난 내 건망이 살갑도록 고마웠다.

기진해진 몸을 풀밭에 누이니 풋내가 울컥 올라왔다. 내 발에 납작하게 멍든 질경이를 일으켜 세웠다. 손등을 기어오르는 개미 등줄기를 떼어낼 마음도 없어졌다. 무심하던 풀 한 포기, 벌레 한 마리의 존재가 소중해 보였다. 우리 가족의 보금자리가 한순간에 사라지지 않았음에 가슴을 쓸어내렸다.

오늘도 화장대 서랍 안쪽에 세종대왕 여남은 분이 나오신다. 큰애가 어버이날 준 돈 봉투를 아끼다 다시 선물로 받는다. 기억에서 멀어진 것은 무심코 나타나 반갑고 놀란 얼굴로 나를 깨운다.

필숙이의 새 책

       책상 위로 색바랜 국어, 산수, 자연, 사회책이 오전 햇살을 즐기고 있다. 오랜만에 묵은 갱지 냄새를 맡는다. 대구 청라언덕 선교관 한 방이 옛 교실을 그대로 옮겨 놓았다. 작은 책걸상, 주먹만 한 주판알, 칠판, 분필까지 금방이라도 단발머리와 까까머리 아이들 재잘거리는 소리가 들릴 것 같다.

    자운영이 학교 앞을 물들이는 봄이었다. 새 학기라 새 책과 새 친구들을 만나는 설렘이 양껏 부풀었다. 교탁에 올린 깔깔한 새 교과서가 무척 좋았다. 선생님이 내 이름을 부를 때까지 엉덩이를 들썩이며 기다렸다. 책 속에 영이와 철수가 달려 나오고 병아리도 종종거렸다.

내 짝 필숙이는 까만 눈망울이 유난히 반짝이는 영리한 아이였다. 가녀린 허리에 귀퉁이가 터진 책보자기가 매달려있었다. 숙이의 새 교과서를 훔쳐보는 눈빛이 매웠다. 고무줄놀이를 하고 온 사이 국어책과 자연책이 없어졌다. 가방을 뒤지고 앞뒤 책걸상을 밀고 당기며 소란을 피워도 필숙이는 책상에 바짝 다가앉아 꼼짝도 하지 않았다. 언뜻 살핀 필숙이 서랍에서 새 국어책이 삐죽 보였다. 홍당무가 된 필숙이는 속눈썹까지 파르르 떨었다. 놀라고 뻘쭘해진 내가 국어책만 살며시 꺼내니 저도 배를 살짝 들어주었다. 서로 무안해 침만 꼴깍거리는 사이 첫 수업이 지나갔다.

팔 남매 셋째 딸인 필숙이는 언니들이 물려준 헌책만 읽었다. 물려받은 책을 싫어하는 필숙이는 새 책 냄새를 무척 좋아하던 아이였다. 또한 타고난 이야기꾼이었다. 특히 부자방망이 이야기는 내 호기심을 달아오르게 했다. 제 방 문지방에 부자방망이를 '탁' 치면 원하는 것이 다 나온다고 두 팔을 휘두르며 참말같이 흉내를 냈다. 나는 부자방망이를 눈으로 보고 싶어 먼 동네까지 필숙이를 따라갔다. 하천 길에 돌멩이를 툭툭 차며 앞서가는 필숙이가 시무룩하게 말이 없었지만 나는 부자방망이에서 새 책과 연필이 금방이라도 쏟아질 것 같아 언덕길도 구르며 달렸다.

사립문에 들어서는 순간, 빨랫방망이가 사정없이 날아왔다. 헝클어진 머리칼로 나타난 어머니가 얄팍한 필숙이 등줄기를 휘청거리도록 내리쳤다. 동생들을 돌보러 일찍 하교하지 않은 벌이었다. 필숙이는 책보자기를 풀곤 얼른 막냇동생을 업었다. 골목 담벼락에 돌아선 그녀 눈에서 눈물이 뚝뚝 떨어졌다. 아홉 살배기가 감당하기에 버거운 일이었다.

부자방망이가 빨랫방망이가 되어 내 호기심까지 날려버린 날, 혼비백산해 돌아오는 길에 무릎이 깨져도 울음이 나오지 않았다. 응석만 부리던 막둥이가 처음으로 우물 밖 세상을 봤다.

이후 필숙이와 나는 오랜 단짝이 되었다. 두 책상 서랍 안에 헌책과 새 책이 다투지 않고 들락거렸다. 뒤축 닳은 검정 고무신에 흙먼지를 폴폴 달고 책 읽기를 좋아하던 숙이는 내 책만 읽었다. 새 책의 갈증을 이야기로 풀던 숙이 덕분에 나도 껑충 자랐다.

사십 년 후 동창회에서 필숙이를 만났다. 붉은 볼과 야무진 얼굴에 힘든 시간을 이겨낸 당당함이 묻어 있었다. 그녀가 시집 한 권을 내 무릎에 놓고 "새 책이야." 하며 웃음을 담뿍 담는다. 제목이 〈부자방망이〉다. 왈칵 껴안아 본 그녀 가슴이 뜨겁다. 힘들 때마다 적어둔 짧은 이야기를 자식들이 시집으로 낸 거라며 꼭 내게 전해 주고 싶었단다. 제 꿈을 이루어가는 그녀가 부자방망이다. 가슴을 우려내는 시 구절구절이 영롱하다.

교과서에 있는 노래 한 소절, 시 한 구절 같이 읊을 수 있는 친구들을 만나면 마음이 부자가 된다. 헌책이라도 구하면 날 듯이 좋아하던 그때, 서로 물려주고 받던 마음이 몸에 배어 지금도 정이 넘친다. 제 학년도 마치기 전에 이웃 형들에게 교과서를 부탁하던 모습은 흑백사진처럼 낡았다.

　　오래된 선교관의 큰 창을 덮은 담쟁이 사이로 정오의 빛이 한 줄기 쏘아댄다. 한나절 먼 길을 돌아 나온 기분이다. 청라언덕의 '동무생각' 시비 앞에서 묵은 목청을 돋운다.

닮아간다는 것은

택시를 타고 목적지를 말한다.

"고향이 대구지요?"

아직 내 말투 어딘가에 고향 냄새가 묻어있나 보다. 그럴지도 모른다.

삼십 년 전 포항에서 신혼집을 차렸다. 택지개발이 한창이던 동네에 세를 들었다. 그곳은 콩밭이 우거지고 갈대 늪에 가물치가 펄떡거렸다. 어둠이 깔리면 갈댓잎 몸 비비는 소리가 무서웠다.

억양이 센 포항 말투에 주눅이 들었다. 낯선 곳에 정을 들이기 힘들었다. 주인 할머니는 동네에서 엄하기로 소문나 있었다. 그러거나 말거나 남편 당직 날은 이불을 안고 주인 할머니 방으로 들어갔다.

내가 두려워하는 어둠보다 할머니의 엄함이 더하랴. 할머니는 겁 많은 나를 살갑게 안아주었다. 할머니와 베개를 나란히 하고 포항의 과거사를 듣느라 동이 트곤 했다. 할머니는 불뚝 성질인 바닷가 사람들의 성향을 이해시켰다.

신흥주택지는 젊은 사람들이 많이 세 들어 살았다. 골목 평상에는 새댁과 아이들 소리가 끊이질 않았다. 그들과 어울리고 싶지만 소심한 내 성격에 선뜻 나가질 못했다. 시장에 다녀오면,

"새댁, 이야기 좀 하자."

이웃 아주머니들이 불러도 대답만 할 뿐이었다. 남편이 출근하면 책을 보거나 요리하는 것이 일과였다. 안방에서 바느질하는 할머니 곁에서 옛이야기를 즐겨 들었다. 이런 내 모습에 할머니는 '양반 새댁'이라 불렀다. 이웃 사람이 오면 우리 옆방에는 양반 내외가 산다고 자랑삼아 이야기했다. 부끄럼 많은 행동이 양반이 되었으니 얼굴이 붉어질 일이었다.

그 시절 죽도시장은 조심스레 에누리를 해야 할 만큼 시장 사람들이 버거웠다. 주인 할머니를 따라다니며 장보기, 물건 고르는 법을 배웠다. 거친 말투에 겁먹기보다 너스레를 떠는 것, 당장 실행은 안 되지만 머릿속에 적어두었다. 시간이 지나면서 이곳의 정서를

알게 되었다. 겉모습은 거칠지만 속내는 뜨끈하다는 것에 차차 익숙해졌다.

나는 방을 한 칸에서 두 칸으로 넓혀갔다. 이사를 하려니 친정을 떠나는 만큼 서운하고 망설여졌다. 내가 살던 방은 서울 새댁이 금방 들어왔다. 그도 이곳이 낯설었는지 나를 언니라 따르며 이사한 집으로 자주 놀러 오곤 했다.

이사한 곳은 시내 주택단지였다. 백 평이 넘는 집에는 찬바람이 나도록 깔끔한 할머니가 혼자 살았다. 금잔디가 깔린 정원 연못에는 분수가 물을 뿜고 히말라야 삼목이 숲을 이루었다. 아름다운 풍경에도 정이 들지 않았다. 대문 앞에 네온사인이 반짝이고 사람들 발걸음이 분주했지만 외딴섬 같았다. 옛집 할머니를 찾아가서 응석을 부리면 "정 들이면 고향이다." 하고 다독여 주었다.

차차 이웃과 담 너머 별미를 나누며 정들어갔다. 문화센터에 나가면서 내 반경이 조금씩 넓어졌다. 새댁에서 엄마가 되고 아이들을 키우며 배짱도 생겼다. 아이들 뒷바라지에 행복 지수를 높이고 집 평수를 늘리며 정신없이 삼사십대를 넘겼다.

첫 닻을 내린 자리가 늘 그리웠다. 삼십 년이 흐르고 옛집을 찾아갔다. 작은 다리를 건너 갈밭을 지나면 빨강 벽돌집 깜장 대문집이 있었다. 콩밭 사이에 있던 목욕탕은 아파트 사이에서 수증기를 올리고 내가 즐겨 다니던 큰 마트는 공구 가게로 바뀌었다. 옛집 자리에는 예식장이 들어서고 가물치가 펄떡이던 갈밭은 4차선 도로가되어 자동차가 달리고 있었다. 도시는 엄청나게 달라졌고 도시를닮아가는 내가 그 가운데 있다.

아이들이 객지로 떠나고 마음의 고삐도 늦추어진다. 언젠가 고향으로 돌아가 살겠다던 마음은 희미해졌다. 포항에서 정박한 나는이곳에서 여생을 즐기고 있다. 낯설던 사투리와 억양이 내 입에서불쑥불쑥 나온다. 비린내까지 정든 영판 포항 아지매다. 그 옛날 주인 할머니가 "새닥아, 풀조오 있나?" 물으면 얼른 비닐봉지를 찾아내드리겠다.

축항 사람들

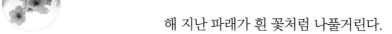

　해 지난 파래가 흰 꽃처럼 나풀거린다.
셔터가 한 컷을 건져 올릴 때마다 겨울 바다는 시샘하듯 내 종아리로
짠물을 퍼 던진다. 성큼 뒷걸음으로 물러서다 빠지직 밟히는 소리에
내려다보니 반들거리는 홍합무리가 방파제를 오지게 붙잡고 있다.

　한때 형산강과 송도 바다가 만나는 곳에 방파제가 있었다. 사람
들은 그곳을 축항이라 불렀다. 그 위로 횟집이 하나, 둘 들어서면서
해수면과 같은 붉고 푸른 천막촌은 수상가옥 같았다. 사람들은 싱
싱한 회 맛도 볼 겸, 좁은 축항 길을 누비며 이 색다른 풍경을 즐겼
다. 축항은 파도와 싸우는 바다 사람들의 쉼터이고 철강공단 노동
자들이 소주잔을 기울이며 재충전을 하는 곳이기도 했다.

햇살이 좋은 아침이면 자주 축항을 찾았다. 부산한 아침을 여는 천막촌은 갯내음이 진동했다. 골 깊은 천막 안길을 벗어나면 확 트인 바다가 보였다. 밤새 정박한 오징어 배들이 수평선에서 넘실대고 낚시꾼들은 물 위에 시선을 고정하고 있었다. 축항은 거친 삶을 사는 사람들의 터전이지만 내게는 꽤 낭만적으로 보였다.

"어디서 왔수?"

숙이네 간판을 건 여주인이 퉁명스럽다. 통이 넘칠 듯 맴도는 뱀장어를 구경하는 내게, 생선 거품을 걷어내던 그의 심통스런 볼이 실룩거렸다. 아침 댓바람부터 낯선 여자가 남의 가게 앞에서 어슬렁거리는 게 불쾌했나 보다. 주인의 얼굴이 붉은 천막에 비쳐 환해졌다.

"아지매 참 곱습니다, 싱싱한 생선을 드셔서 그런가 봐요."

"이제 쪼그라져 볼 게 있나, 젊을 때는 한가락 했제."

숙이네는 예쁘다는 말에 금방 밝아졌다. 간간이 축항을 찾으면서 그녀는 내 사진 속으로 들어왔다. 손님이 뜸한 날은 줄담배를 피우며 아픈 속내를 털어놓았다. 어느 해 태풍이 삼킬 듯 덤비던 날, 강물에 쓸려 가버린 아들에 대한 쓰라림과 그 괴로움에 행방 없이 떠나버린 남편을 원망했다. 소주라도 걸치는 날이면 '죄 많은 내 청춘아' 하고 한 맺힌 한가락을 뽑았다. 그럴 때면 축항에 이는 물결도 유난히 홀쭉였다.

가끔 어깃장을 놓는 손님에게 거친 욕설을 퍼부어 대기도 하지만 속내는 여리기로 소문이 난 숙이네였다. 그해 여름 기우뚱거리던 용이네 가게가 태풍에 폭삭 무너져 내렸다. 그녀는 망연해하는 용이네를 다독이며 매운 솜씨로 간이 가게까지 만들어 주었다. 두 집의 도마 소리는 날아갈 듯 경쾌했다. 삶은 짠물에 절어 악다구니 같지만 심성은 봄볕이었다. 이른 아침에 들르는 내게도 따뜻한 커피한 잔을 꼭 건넸다.

부초처럼 떠돌다 축항에 정착한 용이네도 큰 몸집만큼 화끈한 성품이었다. 마음에 드는 손님이면 생선회를 듬뿍 올리고 구수한 입담을 풀어내어 단골이 많았다. 타고난 걸쭉한 목소리로 육자배기를 뽑으면 천막도 신들린 듯 흔들었다. 아침마다 들르는 칠순노인이 철강공단 옛 자리와 명사 오십 리 추억을 해장 소주에 풀어내면 갓 데친 오징어를 덤으로 올리며 맞장구를 쳤다. 바위에 붙은 홍합처럼 축항과는 떨어질 수 없는 그녀도 내일을 알 수 없는 삶이기에 애잔하게 다가왔으리라.

한여름 태풍이 휩쓸고 나면 헐거워진 축대와 해진 천막이 너풀거렸다. 천막촌 사람들은 너나없이 다듬고 꿰매어 해마다 새 단장을 했다. 축항이 그대로 있는 한 소박한 일상에 큰 욕심을 내지 않았다.

아침 바다에서 올라오는 생선과 단골처럼 찾아오는 사람들이 있어 펄떡이며 살아있었다.

어느 날 매스컴에서 축항을 정비한다는 소식이 들렸다. 방파제도 더는 안전지대가 아니었다. 동빈 운하를 건설하고 송도를 새로운 명소로 만드는데 축항이 걸림돌이 되어 천막촌을 철거한다고 했다. 바위에 붙은 따개비 같은 악착스런 삶도 세상의 파도에 밀려 어디론가 떠나야 했다. 텔레비전 화면에 비친 축항 사람들이 이곳을 떠나면 살길이 없다고 아우성이었다. 화면을 고정하고 보았지만, 숙이네와 용이네의 얼굴을 찾을 수가 없었다. 부표처럼 떠도는 인생이었기에 언젠가는 밀려날 운명이었으리라.

다시 찾은 축항은 썰물이 지나간 자리처럼 미끈하였다. 천막 옷이 벗겨진 자리에 녹슨 철근이 심지처럼 박혀있다. 힘 좋은 일꾼들도 뽑아내지 못한 깊은 상흔들이다. 철벙대던 생선도 어부들 굵은 팔뚝과 노동자의 워커 소리, 축항 사람의 푸념 소리까지 사라졌다. 도시의 새 물결은 또 다른 이야기를 만들겠지만, 파도만 그들의 미련인 양 목을 빼고 오르내리며 철썩거린다.

사진 속의 천막촌 골목길을 컴퓨터 화면으로 옮겨왔다. 확대된 화면에서 축항 사람들의 모습이 생생하게 살아있다. 펄쩍 뛰는 숭어를 두 손으로 잡고 활짝 웃는 숙이네 뻐드렁니와 한쪽 바짓가랑

이를 걷어 올리고 담배 연기를 피워 올리는 용이네, 천막촌 안길에 바쁘던 도마 소리까지 생생하게 들리는 듯하다.

그 투박하고 뜨끈한 정은 어디에 정착했을까. 다들 어디로 떠났을까. 어느 시장통에서 혹은 어느 골목에서 그들은 땅을 부여잡고 살고 있겠지. 그들과 헤어졌지만 기억은 내 사진 속에 오래도록 천연색으로 살아있다.

지서 가던 날

나는 햇살이 든 담벼락에 붙어 풀각
시놀이를 하고 있었다. 그때 번쩍거리는 챙 모자를 쓴 순경이 대문
앞을 기웃거리더니 우리 집에 쑥 들어갔다. 나도 쪼르르 따라 들어
가 말똥말똥 그를 쳐다보았다. 순경은 허리춤에 방망이만 차고 있
을 뿐 무섭지 않았다. 그는 어머니에게 누런 봉투를 건넸다. 어머니
는 미간을 모으고 봉투를 뜯어 서류를 읽더니 순경에게 잠시 기다
려달라고 했다. 그리고 언니와 나의 머리를 감겨 빗기고 한복을 꺼
내 입히고 다듬었다. 나는 영문도 모르고 잔칫집이라도 갈 것 같아
흥얼거렸다.

순경이 마당에서 재촉하니,

"그 사람 성질도 급하네, 읍내에 나가려면 아이들 옷도 갈아입혀
야제."

어머니는 어느 때보다 손놀림이 더디었다. 언니와 내게 한복을
입히며 옷고름 풀고 매기를 몇 번이나 되풀이했다. 한낮 빛이 마당
에 그림자를 세웠다. 순경은 갈 길이 멀다며 안달이었다. 단장을 마
친 우리가 대문을 나서자 순경은 지서장이 기다린다며 바쁜 걸음으
로 앞장을 서 걸었다. 언니와 나는 노란 양단 저고리와 꽃분홍 치마
한복을 차려입고 날아갈 듯 신이 났다. 어머니 물빛 치맛자락도 봄
바람에 나풀거렸다.

하루해가 모자라도록 바쁘던 어머니가 그날만큼 여유로웠다. 언
니와 나는 패랭이꽃을 따고 개울에 송사리 떼를 움켜잡고 노랑나비
를 쫓으며 한껏 날개를 달았다. 매사에 엄하던 분이 언니와 나의 유
희에 담담한 미소만 지었다. 어머니는 느린 걸음으로 그날의 고민
을 풀어보려고 깊은 생각에 잠겼으리라.

읍내 모습은 충격이었다. 산골의 부드러운 능선만 보던 내 눈에
유리창 가게들과 뾰족한 지서 지붕은 동화 속 장면 같았다. 어머니
손을 꼭 잡고 지서 안에 들어서자 반짝거리는 집기들이 낯설고 흥
미로웠다. 유리창에 비치는 햇살은 창호지에 스며드는 포근함과는
다르게 강렬했다. 들뜬 기분인 나와 다르게 세 살 터울 언니는 지서

문 앞에 쪼그리고 앉아 민들레 꽃잎만 만지작거렸다.

깡마른 지서장은 어깨의 은색 배지를 번쩍이며 어린아이까지 데리고 왔다며 타박했다. 어머니는 "내가 아이들 때문에 살아가는데 어디 두고 온다는 말이냐."고 반박을 했다. 그리고 "얘가 유복자요." 하면서 나를 안아 올렸다. 나는 지서장을 보고 헤헤 웃었다. "남편이 한국전쟁에서 삼 년 만에 보름 휴가를 다녀가곤 다시는 돌아오지 않았소, 막내는 아버지 얼굴도 모른단 말이오." 나는 어머니 곁에서 고개를 끄덕끄덕했다. 어른들이 하는 이야기를 하도 많이 들었기 때문이다.

지서장은 헛기침을 몇 번 하더니 기한을 넘긴 벌금에 대한 죄목을 힘주어 말했다.

"법을 끝까지 지키지 않을 때는 감옥까지도 갈 수 있습니다."

"당연히 법이 정한 벌을 받아야지요."

어머니는 지서장 책상 앞에 더 바짝 다가앉으며 대답했다. "남편을 나라에 바치게 했으면 그에 따른 선처가 있어야지, 술을 빚어야 일꾼을 사서 농사를 짓지요. 누룩 한 조각이 대수라고 벌금 매기다니, 남편만 살려 보내면 벌금의 몇십 배를 낼 겁니다."라며 큰소리를 쳤다. 나는 어머니가 지서장에게 이기는 것 같아 턱 앞에서 그를 빤히 쳐다보았다. 지서장은 내 눈을 피하더니 작은 순경더러 지서 구경시켜 주라며 내보냈다. 순경이 내 손을 잡고 지서 안을 보여주는데 한 방에는 방망이가 벽면을 빙 돌아가며 거꾸로 매달려있었다. 꼭 다듬이질할 때 방망이 같았다. 내가 궁금해서 물었다.

"빨랫방망이가 왜 거꾸로 달려있는데요?"

순경은 제 옆구리에 달린 방망이를 툭툭 치며 도둑 잡는 무기라고 했다. 다듬이질 방망이로 도둑을 잡다니, 고개만 갸웃거렸다. 그는 복도로 연결된 방을 보여주고 뒷마당에 입이 툭 불거진 개에게 장난을 걸어 주었다. 달아나려는 내 손에 눈깔사탕을 쥐어 주며 옛날이야기로 달랬지만, 나는 큰소리치는 엄마를 응원하러 가야 할 것 같아 순경 손을 뿌리치고 달아났다.

복도에 들어서는데 큰 소리가 들렸다. 어머니는 팔을 걷어붙이고 감옥도 두렵지 않다며 책상을 쳤다. 우리를 나무랄 때보다 더 엄한 모습이었다. "벌금은 낼 수 없다. 나를 가두고 아이들을 맡아라, 대신 어미 못잖게 먹이고 입혀 학교를 보내라. 감옥생활이 힘들다고 한들 여자 혼자 농사지으며 두 아이 키우는 만큼 힘들겠나. 차라리 콩밥 먹으며 편안히 살고 싶다."라고 큰소리쳤다.

지서장이 일어서서 법적으로 어쩔 수 없음을 사정했지만, 어머니는 한 치의 양보도 없었다. 지서장이 허리를 굽히고 어머니는 단정히 앉아 꼼짝도 하지 않았다. 어느덧 창문에 빛이 사라지고 바깥은 어두워지고 있었다.

지서장이 한숨을 연거푸 내쉬더니 벌금은 없었던 일로 할 거라고 말했다. 어머니는 야무진 표정으로 이 자리에서 당장 벌금 서류를 없애 달라고 했다. 마룻바닥을 한참 바라보던 지서장은 깡통에 벌금 서류를 담고 성냥불을 휙 그었다. 후루룩, 어머니의 버거웠던 하루 일이 연기 속으로 사라졌다.

지서장은 어려운 형편을 미처 살피지 못한 점 미안하다며 어둑해지는 길을 순경까지 딸려 보냈다. 돌아오는 길은 어머니 재촉이 빗발 같았다. 나는 어머니 따뜻한 등에서 어슴푸레 잠이 들었다.

내 어린 시절 강렬한 하루, 지서 안에 통통거리는 마룻바닥과 반들거리는 책상의 불협화음이 들린다. 호기심 가득했지만 조심스럽던 시간, 카랑카랑한 어머니 음성이 지금 더 또렷해진다. 스물다섯 나이에 그날의 힘든 일을 감수했던 어머니. 그 분출구는 전쟁에 빼앗긴 아버지의 빈자리에 대한 항변이었고 벌금 독촉은 그 도화선에 불을 붙인 격이었다.

당당하게 버티어 온 세월이지만 순간순간 거친 파도와 맞서 살 수밖에 없던 어머니, 호탕한 웃음 속에는 지독한 외로움이 자리했으리라. 봄이 오면 지서 앞에 피어있던 노란 민들레가 내게 날아온다.

소소한 행복

은은한 참나무 결 사이로 옹이 자국이 움푹움푹하다. 옹이 자리는 자연스러운 멋이라 더 끌린다. 나무 질감이라 팔을 얹어도 편안한 촉감이다. 식구들 정성이 오롯이 담긴 식탁이라 더욱 그렇다.

고양이 저금통을 선물 받았다. 오백 원 동전을 올리면 '헬로우' 하며 얼굴을 반쯤 보이는 고양이가 왼발로 동전을 싹 끌고 들어가면서 '땡큐'라는 멘트를 남긴다. 그 모습이 재미가 있어 온 식구가 오백 원 동전만 있으면 집어넣었다.

한 달이 지나고 고양이 왼발이 문을 닫지 못했다. 고양이 엉덩이를 두들겨 쏟으니 오백 원짜리가 오만 원이었다. 신사임당 한 장보다 열 배의 충만감이었다. 은행 창구에서 세종대왕 다섯 장을 받아 들고 삼겹살로 저녁 파티를 할까 망설이는데 "목돈 되시게 적금 통장 만드시죠." 하는 아가씨 얼굴이 밝다. '그래, 고양이 적금통장을 만들자.' 싶었다.

어릴 때 용돈으로 돼지저금통을 살찌운 적이 있었다. 작은 내 가슴에 버겁도록 안기는 큰 돼지저금통이었다. 더 이상 배가 불러 동전을 삼킬 수 없을 정도로 돼지 배가 빵빵해졌을 때 즈음이었다. 삼 년 동안 정 들인 저금통이라 배를 가르기가 아까워 망설이고 있었다. 하루는 학교에 다녀오니 집은 비어있고 돼지저금통이 없어졌다. 이웃을 수소문하고 헤매도 흔적이 없었다. 그때의 허탈감은 어른이 된 지금도 기억에 남아있다.

가슴 부풀게 저축한 지도 까마득하다. 신혼 때는 저축하고 남은 빠듯한 생활비로 살았다. 은행마다 종잣돈을 알 까듯 묻어두고 들락거렸다. 저축하러 은행에 가는 길이 쇼핑 가는 길보다 더 즐거웠다. 내 집 마련의 꿈이 있었기에 어떤 유혹에도 눈 감았다. 저축은 무수한 꿈을 영글게 했다.

남편은 고양이 소리를 즐기는 아내가 행복해 보이는지 저금통 옆에 오백 원 동전을 자주 쌓아 두었다. 고양이가 배가 고프다고 떠들면 세종대왕도 한 장 딸려 보냈다. 통장을 살찌우는 고양이 소리는 일상의 작은 활력이 되었다. 저금통은 자투리 천으로 조각 이불 한 채를 넓혀나가는 기분이었다.

　일 년 동안 모은 저금이 육십오만 원이었다. 남편의 지폐도 일조를 한 셈이다. 그즈음 십 년 넘게 쓰던 식탁이 삐걱거렸다. 식탁을 사기 위한 가구매장 쇼핑은 또 하나의 즐거움이었다. 거스름 자리에 있던 오백 원 동전이 근사한 참나무 식탁을 만들었다. 옹이가 박힌 식탁이 유난히 마음에 들었다. 그날 저녁은 붉은 와인이 동전 식탁을 물들이는 소소한 파티가 있었다.

　소박한 것은 근사한 것을 능가했다. 한 땀 한 땀 들인 공이 햇살을 불러들이고 희망을 키웠다. 목적을 두고 살아간다는 것은 그것이 작거나 크거나 나아갈 수 있는 마음이 생기게 한다.

　올해는 고양이 저금통에 한 해 소망의 글을 넣고 저금을 한다. 연말에 우리 가족의 작은 정성이 추운 이웃의 난로가 되길 기다리면서. 다른 이를 위해서 하는 저금은 또 다른 행복감이다. 찰랑, 동전 떨어지는 소리가 경쾌하다.

신 연오랑세오녀

"빨리 신라로 돌아가야 하니데이."

신라 신하인 나는 꿇어 엎드렸다. 취미로 배운 연극이 해맞이 공원 무대에서 올려졌다. 연오랑에게 해를 밝힐 비단을 받아들고 돌아서 던 그 순간 나는 신라인이 된 듯 절실했다. 그 여운을 안고 연오랑세오녀의 자리를 찾아 나섰다. 일월지와 일월 사당을 답사하면서 연극보다 설화에 더 몰입했다.

세오녀가 짠 생초비단으로 하늘에 제사 지낸 곳을 영일현迎日縣이라 한다. 일월지는 비단을 펼친 눈부신 물빛이다. 팔각정을 향하는 다리를 건너니 유독 하얀 수련 한 송이가 나를 바라본다. 주변으로 오리 떼가 미끄러지듯 헤엄을 친다. 연오랑세오녀를 기리는 제

단은 사라졌어도 그 흔적을 더듬어본다. 일월지 가장자리로 피어있는 창포 향기가 바람에 가득하다.

태양 설화인 연오랑세오녀 이야기는 〈삼국유사〉에만 전할 뿐, 대부분 바다 건너에 있다. 연오랑이 타고 왔다는 바위와 세오녀를 모시는 신사, 두 사람의 이름을 딴 지명이며 기록된 자료와 이야기들이 일본 곳곳에 흩어져있다. 영일만에도 연오랑세오녀를 기리는 사당이 있는데 두 나라에 있는 조각을 맞추다 보면 일치하는 부분이 많기에 일월 신화의 밑그림이 그려진다.

동해에 배를 띄우면 연오랑세오녀가 정착한 시마네현 이즈모로 흘러간다. 신들의 고향이라 불리는 그곳 사람들은 대개 한반도에서 건너갔다고 전해진다. 철을 만드는 연오랑과 베를 짜는 세오녀가 그곳의 이방인이었지만 낯선 땅에서 기술을 전수했다. 새로운 문명에 목이 마른 섬나라 사람들은 연오랑세오녀를 해와 달의 신으로 추앙했으리라. 이 땅의 문화가 해류를 타고 건너갔기에 일본과는 멀어질 수 없는 관계가 아닐까.

내 안에도 연오랑세오녀가 산다. 동해안 철공소의 낯선 남자를 만나는 꿈을 꾸고 중매가 들어왔다. 바다에 산다는 그에게 막연한 호기심이 생겨 만나 보았다. 그 후로 단정한 그 얼굴이 심심찮게 떠올랐다. 그는 자주 찾아와 결혼 허락을 받으려 했으나 어머니는 고향과 먼 바닷가와 제철소에 다니는 직업을 마땅치 않아 했다. 그의 뒷모습이 몹시 찡하던 날 어머니에게 꿈 이야기를 했더니 만남을 허락하셨다. 그는 나의 연오랑이 되었다.

낯선 땅에서 나는 물 위에 뜬 수련처럼 잔발을 바닥에 내리지 못했다. 고향에 뜨던 북두칠성을 만나러 옥상에 오르면 저녁별이 반가웠다. 미루나무 방죽에 풀을 뜯던 염소와 아름아름 벌어지던 밤송이, 저녁연기 피어오르던 초가지붕 위로 피던 박꽃이 그리웠다. 그래도 남편이 몸담은 철강회사가 건재하고 영일만이 제 고향이 될 아이들을 기르면서 내 심신도 낯선 자리에 천천히 뿌리를 내렸다.

내륙 음식과 바닷가 음식은 달랐다. 죽도시장에서 살아있는 생선을 보고 놀라면서 이곳 음식에 스며들었다. 고향의 맑은 추어탕보다 된장 푼 추어탕이 감칠맛 나고 풋 콩잎 삭힌 비릿한 향이 입맛에 들었다.

시장 사람들의 큰 목소리에 주눅이 들었다. 갈밭 있는 집으로 택시를 타면 행선지를 모깃소리처럼 냈다. 무엇이 그리 두렵고 발붙이기 힘들었는지. 세 아이 엄마가 되면서 포항의 화끈한 말씨와 뜨끈한 정을 알아갔다. 죽도시장에서 너스레를 떨 줄 아는 여유도 바닷바람에 동화된 덕분이다.

내 이름에는 '철' 자가 들어 있다. 가끔 남편과 다투기라도 할 때면 필연으로 철을 만지는 사람을 만났다고 자위했다. 철강 공단이 뿜어 올리는 불꽃이 어두운 하늘을 밝히던 조업 초기에는 모래밭에 밤새워 철의 역사를 이루는 남편을 기다리는 시간이 길었다. 남편은 영일만에서 철을 만들어 세계로 보내고 나는 아이들과 살림살이에 직조를 짜듯 40년이 흘렀다.

제철소 용광로가 보이는 바닷가로 이사한 지 10여 년이 되었다. 은모래 빛과 맞바꾼 영일만의 '빛'이다. 한때 화려했던 해수욕장의 모래밭은 사라졌지만 지금은 해안 길을 따라 커피 향이 현란하다. 베네치아를 방불케 하는 동빈 운하에 유람선이 물살을 가르면 숭어 떼도 같이 달린다. 제철소의 빛이 영일만을 살리고 송도의 불빛을 다시 일구고 있다.

나도 제2의 고향이 된 포항에서 철이 들었고 여물어졌다. 훗날 포항의 역사를 촘촘히 새긴 내 뼈도 동해에 뿌리게 될 것이다. 아이들은 낯선 땅에 발을 내린 아버지, 어머니 이야기를 신화처럼 기억하고 살지도 모른다.

역사로 보면 연오랑세오녀의 고장에 제철소가 들어선 것도 인연이다. 그 후예가 공장을 짓고 용광로에서 산업의 쌀이 쏟아진다. 한 달음 더 달려가면 베틀에서 화려한 옷감이 짜여 패션을 아우르고 있다. 오늘도 철강과 섬유를 가득 실은 배가 연오랑세오녀의 바위처럼 영일만을 떠나 이국에 닿을 것이다. 연오랑세오녀는 한류의 기원이 아니었을까.

제철소에 첫발을 내딛은 사람들이 맨손으로 바다와 땅을 개간해 찬란한 문명의 빛을 밝혔다. 영일만 불빛이 물이랑에 너울거린다. 불과 물의 조화가 빚어낸 밤 풍경은 이채롭다. 번영의 상징, 뜨겁게 타오르는 영일만의 심장은 꺼지지 않고 내일로 이어질 것이다.

제철소 야경을 보면 지난날이 꿈틀거린다. 낯선 땅에 부대끼며 연오랑의세오녀로 사느라 내 안의 용광로는 많이 식었다. 하지만 느릿한 걸음으로 세상과 사람을 바라보는 온기는 꺼트리지 않고 살아갈 것이다.

인고의 시간

　　　　　　　　　　　　낮꿈이었다. 눈은 부릅뜨거나 찡그리고, 입은 벌리거나 앙다물었다. 굴비의 구부러진 등줄기는 하얗게 말라가고 있었다. 무언의 몸짓이 간절해 보였다.

　황망히 일어나 어시장을 찾았다. 내 안에 무엇이 이토록 강렬하기에 다디단 낮잠을 깨웠을까. 건어물 가게에서 그것들을 깊이 바라보았다. 오랜 구속으로 초연해진 모습이었다. 주인이 굴비 한 두름을 낚아채 내 앞에 걸쳤다. 칠산 앞바다에서 잡은 영광굴비라며 밥도둑이라고 떠들었다. 구경한 죄로 엉겁결에 굴비 한 두름이 내 장바구니에 담겼다. 동해안까지 실려 온 굴비는 칠산 앞바다가 그리운 듯 마른 비늘을 서로 비볐다.

내게도 힘겨운 시간이 많았다. 결혼하면 아이를 가지는 것이 순리인 줄 알았다. 아기를 안아 보는 꿈이 허물어진 적이 한두 번이 아니었다. 그때마다 내 목을 조르던 생각들, 잠자리에 누우면 뒤주 속에 갇히거나 가위눌린 꿈들은 내 일상을 버겁게 지배했다. 낯선 사람들과 줄줄이 묶여 처음 본 동굴 속으로 끝없이 걸어가기도 했다. 아무도 나를 구속하지 않았지만 싹을 틔우지 못하는 불안감이 나를 옭아매었다.

시장에서 사 온 굴비는 양편으로 열 마리씩 스무 마리였다. 굴비의 목을 감고 있던 끈을 조심스레 풀었다. 눌린 자국이 기지개를 켜며 입을 벌렸다. 알몸들이 소쿠리에 제멋대로 누워 굴렀다. 사슬에서 풀려난 자유로움, 구속을 겪은 자만의 해방감일까. 햇살을 받은 하얀 비늘이 낱낱이 일어섰다. 지느러미를 세운 굴비는 바다를 헤엄치던 활어의 자유와 맞먹을까.

아프고 쓰라린 시간은 바람처럼 지나갔다. 유산을 반복하면서 내 몸은 지칠 대로 지쳤다. 아기 손을 잡고 있는 엄마를 보면 광채가 났다. 순탄한 진리가 내게는 늘 빗나가기만 했다. 그것은 절실한 바람, 아무도 대신할 수 없는 과제였다. 번민의 바다를 넘나들며 숨 막히는 좌절을 힘겹게 지났다.

마음의 문을 닫으려고 할 때쯤, 내 품에 아기가 안겼다. 생의 환희였다. 쪼그만 손가락, 발가락이 나를 요동치게 했다. 나를 감고 있던 모든 사슬이 한꺼번에 풀렸다. 무채색 가슴에 무지개가 떴다. 제자리를 잡고는 세상이 달라 보였다.

남편과 서해안을 여행할 때였다. 동해안과는 사뭇 다른 낯선 풍경이었다. 조기가 와글거리던 서해는 붉은 갯벌로 변했다. 그곳에는 조기를 대신한 '퉁퉁마디'라고 불리는 빨간 함초가 노을빛에 마디마디 붉게 흔들렸다. 항구는 수심이 얕아져 선박의 출입이 불편할 정도였지만 굴비식당은 넘쳐났다. 어디에서 그 많은 조기들을 가져오는지 궁금했는데 가게마다 돈을 실어 나르던 조기 씨가 말랐다고 푸념했다.

민박집에 며칠 머물면서 조기가 굴비로 만들어지는 시간을 지켜보았다. 생물 조기는 아가미로 소금을 듬뿍 넣어 따갑도록 가슴을 절였다. 왕소금에 굴린 몸뚱이는 항아리에서 이삼일 넣어 단단하게 재웠다. 그뿐인가. 다시 보자기에 싸여 하루쯤 숨통을 눌러 두었다. 채반으로 옮겨서는 빳빳해질 때까지 물기를 말리고 뒤틀리고 휘어지는 몸부림도 허락하지 않았다. 줄줄이 반듯하게 엮이어 바람을 맞게 했다. 굴비는 소금에 절여지고 재워져 말라가면서 저절로 차분해졌다. 보리누름에 익은 조기는 '영광산 오가재비'라고 불렀다.

민박집 아지매가 잘게 찢은 굴비 포 무침을 밥 위에 얹어 주며,

"오가재비는 겉보리 독 속에 묻어놓고 손님이 오면 내놓았제. 한 마리씩만 꺼내어 굽기도 하고 찌기도 했던 귀한 몸이랑께. 찬물 밥에 한 가닥씩 찢어 얹어 먹으면 내 옆에 열 사람이 나가 자빠져도 모르제."

맛나게 웃기던 쫀득한 기억이다. 귀한 몸이 되기까지는 그렇게 인고의 시간이 흘러야 했다. 나 또한 어두운 긴 터널을 지나던 시간이 끝나고 다시 밝아졌다. 아이들은 자라 제각기 열심히 살아가고, 나는 모든 사슬을 풀어버린 지금, 이 순간에 만족한다.

공터

공터는 열려 있다. 새끼고양이가 단
풍잎을 안고 맴을 돈다. 공터 한쪽에 낡은 컨테이너와 가죽 소파가
한 식구처럼 놓여있다. 햇살 좋은 날 동네 노인들이 앉아 졸기도 한
다. 고양이 가족도 제집처럼 살고 있다. 누군가 널어놓은 고추, 콩,
무말랭이들이 몸을 뒤적이며 말라간다. 공터는 언제부터 생겨났는
지 그렇게 너른 품으로 여러 군상을 담아내고 비운다.

몇 해 전에는 공터에 호텔이 들어온다고 현수막이 나붙고 소란
스러웠다. 바다를 바라보는 공터라 턱없는 발상은 아니었지만 호
텔을 짓기에는 작았는지 2, 3년 몸살을 앓더니 원래의 모습으로
돌아왔다.

고향 마을 어귀에도 공터가 있었다. 해묵은 감나무 밑에 설 명절이 되면 튀밥장수가 자리를 잡았다. 뻥! 뻥! 튀밥 터지는 소리와 함께 고소한 냄새가 온 마을에 진동하면 밖으로 튀어나오는 튀밥을 주우려고 꼬맹이들이 몰려들었다. 농한기에는 가설극장이 차려지고 정월 대보름은 풍악 놀이, 논매기가 끝난 여름에는 동네 청년들의 연극무대가 펼쳐지기도 했다. 때론 타작마당이 되고 시끌벅적한 아이들의 놀이터가 되기도 했다.

공터 한쪽에 자리 잡은 움막에 순이가 살았다. 이름은 여자인데 생김새는 남자 같았다. 작달막한 키에 빡빡머리를 한 그의 나이가 몇인지, 언제 우리 동네로 흘러들었는지 모른다. 그는 동네 대소사나 일손이 필요한 집에서 부르면 언제든 달려가 몸을 사리지 않고 도왔다. 늘 일손이 부족한 우리 집 농사일에도 그는 여간 요긴한 일꾼이 아니었다. 동네에 잔치라도 있는 날이면 순이는 제 일이라도 되는 양 신바람을 냈다. 천막을 치고 멍석을 날라다 펴고 솥을 걸고 장작을 패며 안일 바깥일 할 것 없이 닥치는 대로 돕고 거들었다. 힘든 일을 하면서도 그는 피곤한 기색이 없이 곧잘 뻐드렁니를 드러내며 함박웃음을 짓곤 했다.

순이는 마을의 공터와 같은 존재였다. 네 땅도 내 땅도 아니지만 누구에게나 필요한 공터처럼 순이는 아무런 욕심이나 고집이 없이 자신을 텅 비워서 마을 사람들에게 필요한 존재가 되었다. 마을 사람들 역시 공터를 함부로 훼손하지 않는 것처럼 그를 함부로 대하지 않았다. 그런 순이가 마을을 떠나버린 사건이 일어났다. 동네 청년들이 장난 반 호기심 반으로 순이를 헛간에 가두어 죽을힘을 다해 발버둥 치는 그의 옷을 벗겨 성별을 확인해본 사건이었다. 순이가 사라지고 난 다음에야 청년들은 자신들이 한 짓을 후회했지만 이미 돌이킬 수는 없는 일이었다. 공터에는 한동안 사람의 발길도 뜸해지고 바람만 지나갔다.

해 질 녘 공터 앞에서 마이크 소리가 들린다. 어묵, 두부, 꽁치, 고등어 같은 찬거리를 싣고 팔러 다니는 트럭이 온 모양이다. 멀지 않은 곳에 대형마트가 있지만 이 동네 사람 중에는 일부러 트럭을 기다렸다가 물건을 팔아주는 단골들이 더러 있다. 물건을 사고파는 거래 말고도 오랫동안 주고받은 인정이 있기 때문일 것이다. 하지만 머지않아 이 공터도 없어질 것이다. 공터는 이제 더 이상 버려진 땅이 아니라 제법 값나가는 부동산이 되었기 때문이다. 공터가 사라지고 나면 마음 한구석이 비어버릴 것 같다.

석류의 계절

석류나무 가지 끝에 봄물이 들었다. 오래전에 옮겨 심은 묘목은 연둣빛 새순부터 붉은 열매를 터뜨릴 때까지 튼실하게 자라 사랑채 앞을 당당히 지키는 나무가 되었다.

그 곁에는 늙은 석류나무 한 그루가 있었다. 어머니의 속울음을 말없이 받아주던 나무였다. 새순이 날 때마다 어머니는 풍성한 열매를 기다렸지만 기대엔 늘 모자랐다. 여름에는 무성하게 잎이 우거져도 가을이면 겨우 몇 알의 석류만 달았다. 어머니는 그런 나무의 모습이 당신의 처지인 양 안쓰러워했다.

아버지는 한국전쟁 종전을 앞두고 삼 년 만에 휴가를 나왔다. 보름 동안의 휴가는 아버지가 식구들과 함께한 마지막 시간이었다.

전쟁이 끝나도 아버지는 돌아오지 않았다. 전사 통지서도 없었기에 생사조차 몰랐다. 어머니는 유복자인 나를 업은 채 동구 밖으로 나가 서성이다가 돌아오는 날이 많았다.

어머니는 맏며느리에 가장의 역할까지 혼신의 힘을 다했지만 대를 이을 아들을 두지 못한 죄스러움은 벗어날 수 없었다. 종중에서는 삼십 년 만에 한 번씩 돌아오는 족보 재편집을 위하여 양자를 들이기를 재촉했다. 딸 열이라도 아들 한 사람 몫이 안 되던 시대였기에 어른들의 뜻을 받아들일 수밖에 없었다.

꽃샘추위가 매서울 때, 사촌 동생이 양자로 들어왔다. 한 집안의 대를 이어갈 운명을 받아들이기에는 너무 어린 나이였을까. 제 어미가 떠난 길목을 종일 내다보며 울다 잠이 들곤 했다. 조그만 운동화는 대문을 향해 언제라도 달려 나갈 듯 돌려 두고 아무도 건드리지 못하게 했다.

사촌 동생은 어머니 빈 가슴에 마른 젖이 돌도록 칭얼거렸다. 갑갑한 시간은 동짓날 밤처럼 길었다. 바람에도 흔들릴까 애지중지하던 아이는 몸까지 허약해져 탕약을 달고 살았다. 아픈 딱지가 굳어지면 저절로 익숙해지리라는 믿음은 무모한 바람이었다. 작은아버지의 완고한 성품도 한몫했다. 어미 품만 그리는 동생을 엄하게 나무랐다. 어릴 때 정을 들여야 마음을 붙인다는 어른들 논리에 어린 가슴만 앓았다.

뿌리 내리지 못한 나무처럼 시난고난하는 아이를 더는 두고 볼 수가 없었다. 동생의 이름만 족보에 올리고 장성할 때까지 돌려보내기로 했다. 그 참에 나와 언니 이름도 같이 족보에 올렸다. 어느 전선에서 산화하셨을 아버지의 혈육을 남기고 싶은 어머니의 간절한 마음이 받아들여졌다. 어머니는 김해 김가 삼현파 족보에 72대 손으로 올린 삼 남매 이름을 손가락으로 짚어가며 흐뭇한 표정을 지으셨다.

아침 일찍 수수떡 한 광주리를 담아 동생 손을 잡고 나서는 어머니 발걸음이 가벼운 듯 무거웠다. 동생은 잠시 제 마음을 저울질하듯 돌아서더니 남은 식구를 한 사람 한 사람 안아보았다. 대문을 나선 걸음은 이내 깨금발이었다. 분잡하던 집안이 적막해졌다. 든 자리는 얕아도 난 자리는 깊었다. 한 해 동안 부대낀 동생 흔적이 온 집안에 불쑥불쑥 나타나서 아픈 정을 삭이기 힘들었다.

제집으로 돌아간 동생은 어미의 안개를 마시며 여물어졌다. 어린 나무가 땅심도 내리기 전에 말라갈 뻔했다. 그런 안쓰러웠던 동생이 방학이면 달려와 큰어머니 젖가슴을 더듬고 어리광을 부렸다. 흠뻑 받았던 사랑은 저절로 정이 우러나게 했다.

철든 동생이 돌아오던 해, 어머니는 석류나무 묘목을 얻어와 늙은 석류나무 곁에 심었다. 차진 거름을 골고루 나누어 주며 두 석류나무가 잘 자라도록 보살폈다. 어린나무는 동생과 키를 재며 자라더니 어느새 동생의 키를 훌쩍 넘어버렸다. 늙은 석류나무와는 달리 열매를 많이 열어 어머니의 마음을 흡족하게 했다.

어머니의 정성에도 검버섯이 핀 늙은 나무는 시들했다. 조막만한 열매를 두어 개 단 그해부터 거친 몸피가 바람에 너불거리며 여위어갔다. 심상찮은 나무를 들여다보니 노래기가 제 몸인 양 빼곡히 파고들었다. 나무는 젖을 내준 자리마다 숭숭 뚫려있었다. 보기만 해도 몸이 오그라드는데 나무는 얼마나 몸살이 났을까. 긴 세월을 버틴 뼈 마디마디에 바람이 들도록 생의 긴장을 감추고 살았던 흔적이었다.

정점에 닿으면 이우는 것이 자연의 섭리인데도 쇠락하는 어머니의 모습이 남다르게만 느껴졌다. 자식과 집안을 아우르느라 재바르던 어머니 걸음이 느릿해지자 동생은 그 곁을 자주 지켰다. 어머니는 가슴앓이하던 동생이 누군지 가끔 잊어버리고 아버지를 기다리는 젊은 아내가 되기도 했다. 가슴에 사무친 일들은 망각의 강물이 되었다. 모든 것을 놓아버린 그 시간만큼은 어머니가 행복했는지 모른다.

장작개비처럼 말라가던 석류나무가 쓰러졌다. 오랜 세월 소진된

몸에 노래기 몇 마리가 남은 물기를 빨았다. 수직으로 서서 바람을 맞던 나무가 길게 누워 생을 비우고 있었다. 많은 열매는 달지 못했지만 제 할 일을 충실히 하고 사그라졌다.

섣달그믐께 어머니가 돌아가신 후, 동생은 몸살 나게 울었다. 비바람을 막아주던 버팀목에 얼마나 기대고 살았는지 알아차렸다. 큰어머니를 향한 허허로움을 달래며 저 홀로 새순을 내고 가지를 펼치며 성숙해져 갔다.

자라던 곳을 떠나 이식되는 것이 여자의 운명이다. 나 또한 다른 땅으로 옮겨 심겨져 낯선 기운을 버겁게 받았다. 새 땅에 자리를 잡아 온전한 열매를 맺기까지 아픔의 눈물도 숱하게 흘렸다. 그래서인지 친정에 갈 때면 어머니를 찾듯 석류나무가 먼저 눈에 들어온다. 나 또한 어머니가 되었기에.

올가을에도 석류나무는 풍성한 열매를 달았다. 친정집이 단단해진 마음이다.

실수인데, 뭘

쿵, 차가 크게 흔들린다. 큰 도로에 진입하려고 기다리는 중이었다. 뒷덜미가 뻐근하다. 자동차 뒤 모서리가 푹 우그러졌다. 그런데 뒤차는 미동이 없다. 현장 사진을 서너 컷 찍고 창문을 두드리니 어수룩한 노인이 내린다. 노인은 콧물을 훌쩍이며 '실수인데, 뭘'이라며 고개만 갸웃거린다. 그때는 그 말이 무얼 의미하는지 몰랐다. "이 넓은 길에서 왜 실수를 합니까." 다그쳐도 혼잣말만 중얼거린다. 우그러진 차를 보니 속이 쓰린데 노인이라 최대한 마음을 누그린다.

"보험처리 하시지요."

내가 부탁한다. 노인은 실수니까 대충 넘어가자는 눈치다. 구렁이가 담을 넘을 판국이다. 나는 실수는 인정하는데 보상은 해달라고 밀어붙인다. 노인은 늙은이를 우습게 안다며 버럭 억지를 부린다. 주먹이 불끈 쥐어진다. 노인은 사태가 수월찮은 걸 느꼈는지 안주머니에서 백만 원짜리 수표를 꺼내어,

"마, 이렇게 해결하자. 오만 원 받고 거스름돈 내주소."

흥정하듯 화를 돋운다. 노인이란 무기가 천하무적이다. 세상 물정을 모르는 것일까. 그러기에는 어수룩한 척 숨은 눈빛이 예사롭지 않다. 차를 한 바퀴 둘러보며 끓어오르는 성질을 가라앉힌다. 노인은 죽어도 보험처리를 하지 않겠다며 고집을 피운다. 그 와중에도 '실수인데'를 추임새처럼 읊는다. 팔짱을 낀 웅크린 노인은 내 깐을 훑는다. 내 모질지 못한 마음을 들킬세라 입술을 앙다물었다. 보통의 상대가 아님을 느끼면서도 노인이라 마음이 자꾸 풀어진다. 밀고 당기는 실랑이가 한참 지났다. 미안하다는 말은 한마디도 없다.

노인이 잘 아는 정비공장이 있다고 해서 견적을 내어보자고 앞장을 세운다. 그런데 노인의 차 운행이 가관이다. 도로에 들어선 노인은 종횡무진으로 차선을 무시하고 카레이서처럼 달린다. 핸들과 전화기를 오른손 왼손으로 번갈아 바꾸며 달리는 뒷모습을 겨우 따라잡았다. 조금 전에 콧물을 훌쩍이던 노인이 아니다. 내 운전으로 따

라가기는 역부족이다. 노인에게 전화하여 정비소 상호를 알아내고 물러선다.

정비공장은 내비게이션으로도 찾기 힘든 자리다. 제풀에 지쳐 떨어지라고 수를 쓰는 걸까. 점점 오기가 올라 꼬불꼬불한 골목을 돌아 겨우 찾아냈다. 정비사는 차 상태를 꼼꼼히 살피고 견적비가 최소 오십만 원이 나오겠단다. 노인이 펄쩍 뛰며 일부러 찾아왔는데 수리비를 올린다고 투덜거린다.

정비사가 노인에게 일갈한다. "새 차를 부수어 놓고 야매로 고쳐 달라고 전화했어요? 말도 안 되는 소리 마시고 큰 정비공장으로 가서 수리하세요."

대낮에 도깨비에 홀린 듯 멍청해진다. 최저 금액으로 보상을 하려고 안간힘을 쓴 모양이다. 노인은 다시 멍청하게 물러서서 불쌍한 배우가 된다. 내가 안달이 난다.

"그럼 큰 정비공장으로 가든지 계좌로 수리비 보내 주시든지 하세요."

노인 얼굴에 화색이 돈다.

"진작 그라지. 내일 은행 문 열면 바로 수리비 보낼게. 이 나이에 거짓말하겠나. 날 꼭 믿어라."

쌩한 겨울바람이 노인의 몇 남지 않은 머리칼을 후빈다. 그 모습이 나이 든 아버지들 같아 또 용서된다. 간곡한 말투에 노인의 진심이 묻었다.

다음 날 송금 문자는 없었다. 전화는 종일 불통이다. 일주일을 기다려도 연락이 캄캄하다. 잠시나마 노인에게 배려했던 마음이 날을 세운다. 사기를 당한 기분이다. 경찰서에 블랙박스 영상을 가져가서 사고접수를 했다. 담당 경찰관에게서 전화가 왔다. 차량 조회를 하니 보험 가입이 안 된 자동차라고 한다.

"노인이 말을 잘하지 못하고 정신이 오락가락하네요."

"그렇지 않습니다."

"일단 다시 연락을 취할 테니 기다리세요."

경찰은 길가에 돌멩이를 툭 차듯 영혼 없는 말투다. 입안에 떫은 감물이 고인다. 보름이 지나서 경찰서에서 연락이 왔다. 다시 만난 노인은 깔끔한 모습이다. 그런데 귀와 눈이 어두워져 기억도 가물가물하단다. 한쪽 눈을 계속 찡그리며 틱 장애처럼 껌벅거린다.

"계좌로 수리비 왜 보내지 않았습니까."

"계좌가 무슨 말이고. 그런 소리 들은 적 없다. 내가 서울에 경찰서장도 여럿 알고 있다. 억울하면 감옥에 처넣어라. 대법원까지 가보자. 까짓것 피라미 같은 늙은 목숨 사형시켜라."

사람 열을 올려 제풀에 지치도록 만든다. 오십만 원에 제 생을 여

지없이 팔아버리는 노욕이다. 달래고 사정해도 활화산이다. 노인이
라 믿었던 마음이 삽시간에 무너진다.

"그럼 차는 제가 수리하겠습니다. 그렇지만 당신이 한 실수는 처
벌을 받으십시오. 그 부분에는 저도 합의를 못 합니다."

돌아서 경찰서를 나와 버렸다. 겨울바람이 유난히 매섭다. 가슴
에서 허한 바람이 얼음보다 차다. 움켜잡은 노인의 욕심이 통곡한
다. 횡단보도를 건너는데 뒤에서 "내 말 좀 들어보소." 부른다. 노인
이 두 팔을 내저으며 헐레벌떡 달려온다. 모른 척 가던 길을 그냥 걸
었다. 뿌리쳐도 오른팔을 잡고 늘어진다. 노인 집이 코앞이라고 집
에 가서 수리비를 꼭 주겠다며 아파트로 끌고 간다. 절절한 언행이
미움까지 녹인다. 인내의 마지막 한계다.

집안에는 가재도구가 번쩍인다. 대형 티브이부터 오디오 풀 세
트, 화려한 장식장까지 노인에게는 전혀 어울리지 않는 옷이다. 노
인이 안방에 들어가고 한참 동안 조용하다. 방문을 살짝 여니 침대
모서리를 뒤적이던 노인이 나가라고 손짓을 한다. 잠시 후 맥이 빠
진 모습으로 나온다.

"우짜노, 집에 돈이 없네. 내일 보내주면 안 되겠나."

머리에서 김이 뿌옇게 올라 눈앞이 흐린다. 낮도깨비에게 홀려도
정신을 차려야 한다. 마음을 누그러뜨리고 침착하게,

"제가 도와 드리겠습니다."

돌침대 커버를 사정없이 휙 걷었다. 침대 밑에 깔려있던 백만 원짜리 수표들이 성난 바람을 타고 후루룩 날아간다. 이리저리 수표를 붙잡는 노인의 불쌍한 욕심이 같이 뒹군다. 눈을 부라리는 내 모습을 힐끔거리던 노인이 움츠린다. 그제야 장롱에서 큼지막한 가죽 지갑을 꺼낸다. 신사임당이 지갑에 빼곡하다. 오만 원권 열 장을 세는 손이 부들부들 떨린다.

신사임당을 한 움큼을 쥐고 노인 얼굴에 확 뿌린다. 벌러덩 자빠지는 시늉을 하는 노인의 멱살을 잡아 흔들고 싶다. "지옥 불에 떨어져도 모자랄 영감!"이라고 소리 지르며 현관문을 부서져라 발로 꽝 차고 나온다. 가슴에 불기둥이 솟구친다.

2

솜꽃

솜꽃

참 오랜만에 목화밭을 만났다. 하얀 목화송이 사이로 늦사리 다래도 몇 알 반들거린다. 솜털이 보송한 다래를 하나 따서 깨물자 달콤한 맛과 향이 아스라이 먼 기억으로 나를 데려간다.

나는 대여섯 살까지 어머니 젖을 찾았다. 소꿉놀이하다 목이 마르면 막무가내로 베틀에 올랐다. 막둥이의 어리광에 북을 멈추고 빈 젖을 물리던 어머니 얼굴은 잔잔했다. 베틀과 어머니 무릎에 걸쳐 누워 천장 서까래를 세면 내 짧은 다리는 저절로 들먹거려졌다. 달그락거리는 베틀 소리를 들으며 내 키도 베 필처럼 한 치씩 자랐다.

어머니는 신혼의 단꿈을 채 알기도 전에 아버지를 한국전쟁에 보내야 했다. 동구 밖이 내다보이는 비탈밭은 어머니의 간절한 기다림의 자리였다. 애타는 마음을 삭이기 위해 목화밭에서 살다시피하는 중에 행방불명 통지서가 날아왔다. 어머니의 가슴 밭에는 새하얀 목화송이만 수없이 피고 졌다.

부슬비 내리는 가을날, 목화를 따던 어머니는 산기를 느꼈다. 목화를 한 움큼 쥔 채 서둘러 집으로 와서 해산했다. 활짝 핀 목화가 비에 젖을까 봐 아기에게 첫 젖 한 모금만 물리고는 다시 목화밭으로 나갔다. 그해 딴 목화로 핫저고리를 지어 아이에게 입히고는 한동안 속울음을 울었다고 한다.

털북숭이 목화 씨앗은 오줌에 담갔다가 오월 밭고랑에 묻었다. 새순이 밭고랑에 초록빛으로 차오르면 달콤한 다래가 오롱조롱 달렸다. 입이 심심한 사내애들은 다래밭을 기웃거렸다. 울타리 곁의 이랑에는 동네 악동들이 들락거리는 통에 뽀얗게 먼지가 앉았다. 다래에 갈색 점박이 무늬가 돋으면 말캉하던 속이 질겨져서 먹을 수가 없었다. 가을볕에 단단하게 영근 목화가 네 귀를 활짝 열고 솜꽃을 부풀리면 산비탈은 하얀 구름밭이었다.

무명실은 목화에서 뽑는다. 활로 타서 씨아질한 목화송이는 구름처럼 부풀었다. 말대로 말아서 하얀 떡가래처럼 다듬은 솜고치를 물레 가락에 감아 붙였다. 왼손으로 솜고치를 높이 당기고 내리면서 오른손은 물레에 무명실을 둥글게 자아냈다. 희미한 호롱불에 물레질하는 그림자는 마치 춤을 추는 것 같았다. 물레 가락에 무명실이 오동통해지면 어머니는 날갯짓을 잠시잠시 접었다. 솜고치가 물레를 따라 실꾸리가 되어 하나둘 쌓이면 첫닭이 울었다. 새벽녘에 등걸잠을 자는 어머니의 눈썹에 솜꽃이 피어 있었다.

무명실에 풀을 먹이는 날에는 마당에 생기가 돌았다. 마당 끝까지 출렁거리는 무명실에 풀칠하며 흥얼거리던 어머니의 아리랑 가락에도 흥이 실렸다. 무명실 아래 화롯불을 피워 풀을 말리면 능청거리던 무명실이 탄탄해졌다. 해거름이면 마당에 펼쳤던 수천 개의 날실 가닥들이 어머니 손안에서 실꾸리로 감겨 대바구니에 소복이 쌓였다. 손끝에 이어지는 무명실은 올올이 꿈이고 희망의 타래였다.

멍석이 깔린 베틀 방은 서늘하면서도 푸근했다. 허리에 부티를 감고 앉을깨에 앉은 어머니는 오른발로 잉앗대를 먼저 밀어보았다. 베틀을 울리고 나서 날실 속으로 실꾸리 담긴 북을 '스르륵' 밀어 넣고 바디를 '철컥' 당겼다. 베틀 방에 '스르륵 철컥'거리는 소리가 내게는 음악이었다. 나는 밀고 당기는 가락을 따라 엉덩이를 뒤뚱뒤뚱 흔들면 어머니는 살가운 웃음을 지었다.

날실 씨실이 수없이 만나 피륙이 된 옷감은 푸새해서 버선발로 자근자근 밟아 다듬이질했다. 어머니가 대청마루에 자리를 잡으면 나도 마주 앉아 장단을 맞추었다. 방망이 머리에 맞는다고 떨어져 앉으라고 해도 아랑곳하지 않고 연신 엉덩이춤을 추었다. 토닥토닥 다듬이질 소리에 어머니 옥비녀 머리가 살짝살짝 흔들리고, 두 방망이가 엇갈리는 손놀림이 춤추는 듯 리듬을 탔다. 작은 주먹으로 다듬이질 흉내를 내며 깔깔거리는 내 추임새에 어머니는 주름진 시름을 잠시 펴곤 했다.

무명옷에 목화솜을 넣으면 삼 동이 따뜻했다. 어머니는 다듬이질한 바지저고리와 버선을 밤새 박음질할 때 '권익중전'의 애달픈 가락을 구성지게 읊어서 단잠을 밀쳐내곤 했다. 천상으로 떠난 어미가 밤마다 내려와 갓난아기에게 젖을 먹이며 남편에게 부탁하는 대목이었다. '목이 말라 울거들랑 물을 주어 달래주고, 젖을 달라 울거들랑 천도복숭 먹여주소' 천도복숭아를 한 아름 건네듯이 읊조리는 이 대목을 어느새 나도 외워서 노래처럼 부르고 다녔다. 어린 내게도 슬프게 들렸던 그 구절이 어머니의 가슴을 오죽이나 아리게 했을까.

목화솜 이불은 추위와 배고픔, 엄동설한까지 녹여 주었다. 솜이 불을 만드는 날, 목화솜 위로 어머니 버선발이 나비처럼 사뿐거렸다. 대청마루에 뭉실뭉실 쌓인 목화솜은 어머니의 시침질에 하얀 속통으로 얌전히 들어앉았다. 다홍 도련에 깜장 바탕으로 물들인 홑청은 무명 속통에 입히면 꽃 이불이 되었다. 다 꾸민 이불을 활짝 펼쳐 놓고서야 어머니는 종일 굽힌 허리를 곧게 폈다. 솜이불을 펼쳐 놓은 안방 아랫목은 내게는 따뜻한 목화밭이었다.

목화는 꽃이 두 번 핀다. 처음 꽃잎을 떨군 자리에 다래가 열리고 나면 다시 솜꽃이 핀다. 한여름 따가운 땡볕에 피어난 솜꽃은 가을까지 비바람을 견딘다. 어머니도 두 번 꽃이 피었다. 처음은 여자라는 꽃이었고 다음은 어머니라는 꽃이었다. 여자의 꽃은 전쟁의 피바람에 활짝 피워보지도 못한 채 꺾였지만, 모성의 꽃은 오래도록 자식들의 울타리가 되었다.

목화는 어떤 색도 탐하지 않는다. 애오라지 흰빛으로 피어 사람의 마음을 순수하게 만든다. 검정 치마에 하얀 저고리를 즐겨 입던 어머니는 무명의 질박함을 닮았었다. 비단이 화려하다면 목화는 소박하다. 가지가지 유혹을 물리고 자식을 위한 모성 하나로 지켜온 어머니의 사랑도 무채색이리라.

내 신혼 이불에도 그 비탈밭 목화가 두툼하게 들어 있었다. 한동안 화려한 이불과 가벼운 아크릴 솜에 빠져 무명이불이 무겁다고 투덜거린 딸이었다. '손으로 지은 것이 수품이 있다'라고 하시던 어머니 말을 촌스럽게 여겼다. 하지만 내가 어머니 자리에 서서 뒤를 돌아보고 알았다. 어머니의 물레질은 당신에게는 아픔을 잊는 일이었고, 자식에게는 따뜻한 솜꽃을 피우는 몸짓이라는 것을.

장롱 깊숙이 개어진 무명 이불을 꺼냈다. 오래 접힌 주름이 기지개를 죽 켠다. 어머니 손길이 땀땀이 지나간 무명 속통은 따로 풀을 먹여 여름 이부자리를 만드니 엄마 냄새가 피어난다. 솜틀집에서 타온 솜뭉치를 펼치자 그동안 잊혔던 목화밭이 보송보송 다시 일었다.

다시는 안길 수 없는 어머니 품, 내 생을 다독인 솜꽃이다.

콩나물시루에 물을 주며

까만 콩이 쥐눈처럼 똘똘하다. 싹을 틔우고 뜨거운 여름을 이겨낸 여력이 당차서일까. 당장이라도 무엇을 향해 굴러갈 태세다. 두 손으로 떠서 굴리니 그 안에 품은 꿈조차 야무져 보인다.

고향 땅에서 꿈을 키운 콩이다. 늘 그러듯이 나는 방 윗목에 시루를 걸치고 콩을 안친다. 시시때때로 물을 부으면 콩은 단비로 여겨 싹을 틔운다. 콩나물은 하루가 다르게 쑥쑥 자라난다.

밤이 이슥하도록 잠들지 못하는 날, 시루에 물을 주고 누우면 물방울 떨어지는 소리가 들린다. 똑 똑 똑…. 방 안의 깜깜한 고요 속으로 번지는 소리를 세다 보면 어느새 유년의 윗목에 닿는다.

안방 윗목에 콩나물시루가 있었다. 크기는 한 아름이 넘었고 높이는 내 키보다 조금 낮았다. 엄마는 시간에 맞춰 시루에 쪼르르 물을 부었다. 다 자란 콩나물은 밥상에 올랐다. 촉촉한 물소리를 듣고 자란 콩나물을 먹으면 키가 한 뼘쯤 자라는 것 같았다.

교실 맨 앞에 앉은 나는 달리기나 공놀이를 하면 키 큰 아이들을 따라잡을 수가 없었다. 키 작은 감나무 아래에서 폴짝폴짝 뛰며 단감을 따야 했다. 그런 날은 우물물을 두레박 채로 들이켜곤 했다. 물만 마시면 콩나물처럼 키가 훌쩍 자라는 줄 알았다.

콩나물은 물을 너무 자주 주면 온기가 식어 더디게 자랐다. 어머니는 그 시간을 가늠하고 물바가지를 들었다. 콩나물이 웃자라기만 할까 봐 손바닥으로 자근자근 눌러주기도 했다. 나는 엄마 몰래 물을 자주 주었다. 비밀스럽게 키우던 내 꿈도 무럭무럭 자랄 것 같아서였다.

봄날이면 장터에 유랑극단이 연극을 펼쳤다. 담벼락에 강화도령 포스터가 붙고 요란한 광고차가 동네를 누볐다. 엄마의 손에 이끌려 무대 아래 자리를 잡았다. 화려한 왕관과 화환을 쓴 왕과 왕비, 머리를 조아리는 신하와 시녀들, 그들이 온몸으로 풀어내는 이야기에 사람들은 울다가도 웃었다.

어린 내 눈에 연극은 새로운 세계였다. 배우와 소품이 연출하는 장면은 마법과 같았다. 그들의 화려한 몸짓은 산골 소녀를 환상에 빠트렸다. 그때부터 연극은 동경이 되어 내게 콩알처럼 야무진 꿈을 꾸게 했다.

국어책에 실린 희곡은 해마다 학교 학예회에서 공연했다. 배우를 뽑을 때 나는 손을 들고 배역을 자청했다. 나무꾼과 선녀, 욕심쟁이 스크루지 등, 연극에서 다양한 역할을 맡아 무대에 올랐다. 박수 소리가 들리면 내 작은 몸짓이 크게 펄럭거렸다. 연극을 향한 옹골진 꿈은 알알이 영글어갔다.

내 연기가 한창 잎을 피울 때 학교를 졸업하고 더 이상 연극을 할 기회가 없었다. 들떠있던 마음이 방향을 잃고 떠돌았다. 위로 올라가던 줄기는 성장이 멈추고 잔발이 바닥으로 내렸다. 뿌리를 뻗고 싶어도 디딜 곳이 없었다. 맹물만 들이켠 꿈은 정체성을 상실한 채 웃자랐다. 꽃 피우고 싶은 꿈이 공중에 매달렸다. 허공에 피운 꿈은 초록으로 피어난다 해도 금세 떡잎으로 지고 말 것이었다.

연극배우가 되는 꿈은 그 후 내 인생의 무대에서 막을 내렸다. 결혼해서 아이를 낳고는 꿈이 바뀌었다. 단칸방에서 내 집 마련의 꿈을 오래 꾸었다. 밥상을 차리면 식당이 되고 손님이 들면 거실이고 이불을 펴면 침실이었다. 경계가 없는 작은 방은 연극 무대처럼 하루에도 서너 번씩 바뀌었다. 작은 일상도 내게는 연극무대로 느껴졌다. 잊은 줄 알았는데 못다 이룬 꿈을 은연중에 꾸고 있었다.

영화나 드라마를 보면 접어둔 소망이 다시 꿈틀거렸다. 내가 보는 영상은 연극이 되었다. 내가 맡아보지 못한 배역의 연기를 보면 나도 모르게 감정이 이입되었다. 그럴 때면 단비를 만난 듯 빛바랜 꿈이 되살아났다. 캐릭터 속으로 몰입될 때면 온몸에 소름이 돋았다. 그렇게라도 욕망을 발산하고 나면 속이 후련해졌다.

다시 연기를 한 곳은 바닷가 야외무대였다. 빽빽한 관중석을 바라보자 콩나물시루에 갇혀 자라다가 스러진 꿈이 떠올랐다. 무대를 걷는 걸음마다 물이 올라 애드리브가 저절로 나왔다. 묵힌 꿈이 눈부시게 부활하는 것 같았다.

돌아보면 시루는 나만의 꿈이 자라는 비밀 정원이었다. 콩나물을 씻어낸 물은 잠시도 머물지 않고 시루 바닥으로 빠져나가지만 콩나물은 쑥쑥 자랐다. 수없이 스쳐 간 싱그러운 물맛에 내 꿈도 머무름 없이 달아올랐다. 물만 퍼 올리면 무럭무럭 자라는 줄만 알았기에 내 꿈이 자라는 시루는 늘 촉촉했다.

흙 한 톨 없는 물 위로 시루에 걸친 생, 콩들은 잎을 벌리고 꽃을 피우려고 비좁은 공간에서 경쟁하듯 자란다. 빛을 가리고 시루를 벗어나지 못하게 키를 한정해도 콩밭을 향한 열망은 버리지 않는다. 하지만 그것이 이룰 수 없는 꿈이란 걸 알기도 전에 밥상에 올려진다. 찹찹하게 익은 콩나물에서 풍기는 비린내는 풋바심 된 꿈에 대한 회한일까.

콩나물을 솎아 밥상에 올릴 때면 웃자라다가 스러진 내 꿈들을 생각한다. 지난 삶을 돌아보면 그것들은 알알이 헛되지 않았다. 쑥쑥 자라든 더디게 자라든 모두 내 마음을 키우는 자양분이었다.

이 나이에 무슨 꿈을 이룰까마는 아직 마음속에는 소소한 꿈들이 남아있다. 가끔 그것들은 자극을 받으면 나 살아있다고 기척을 한다. 그래, 꿈이 없고 꿈을 꾸지 않는다면 삶은 무생물처럼 무미건조한 것이다.

물 한 바가지를 콩나물시루에 붓는다. 쪼르륵 물소리가 아직 남은 꿈들을 촉촉하게 적신다.

꽁초

　매캐하다. 담배 냄새에 전 복도는 열린 창문으로 겨우 숨을 헐떡인다. 온몸을 다 태웠으면 저리 절절한 냄새를 풍기지는 않을 텐데, 복도에 널브러진 꽁초처럼 사람도 때로는 길바닥에 버려져 다 태우지 못한 회한에 젖는다.

　중저음인 윤수 목소리는 누가 들어도 따뜻했다. 그는 선이 뚜렷한 인상에 말수가 적고 듬직한 친구였다. 머리가 좋아 집안을 일으킬 기둥이라고 믿는 사람들의 기대감이 무거웠는지 가끔 하모니카를 불며 머리를 식히곤 했다. 여름밤 윤수가 풀어내는 하모니카 선율은 동네 처녀들의 가슴을 흔들었다. 그 소리는 탱자나무 울타리를 넘어 자운영을 닮은 옥이 가슴에도 스며들었다.

건들면 금방이라도 꽃물이 터질 듯 옥이는 윤수의 그림자만 스쳐도 얼굴이 붉어졌다. 꽃 편지지에 수를 놓은 연정이 한 해 동안 그에게 전해졌다. 깨알 같은 순정을 읽고도 윤수는 제 길만 묵묵히 갔다. 그가 상급학교 진학을 위해 서울로 떠난 후, 옥이는 짝사랑에 지친 마음을 봇물이 터지듯 쏟아냈다. 윤수가 고향에 내려오는 날이면 옥이 집 담벼락의 탱자꽃이 골목을 덮었다.

띄엄띄엄 보이는 윤수 얼굴이 감질날 즈음이었다. 밤새 쏟아진 폭우로 강물이 넘친 날, 채소밭에 나간 옥이가 강을 건너다 물살에 휩쓸려 분홍치마가 풍선처럼 부풀며 떠내려갔다. 논일을 마치고 오던 윤수가 뛰어들어 옥이를 끌어안고 곤두박질치다 간신히 강둑에 닿았다. 뒤집힌 치마 아래 하얀 허벅지가 눈부셨다. 그 일은 아낙들 입소문을 타고 문지방을 한참 동안 넘나들었다.

은인이 된 윤수는 흔들렸다. 옥이가 보낸 수십 통의 연정이 새삼 녹았는지 방학이면 자주 탱자꽃 골목을 서성거렸다. 옥이 그림자만큼의 거리를 두던 윤수가 어느 날부터 그녀 노래에 하모니카로 화음을 맞추어갔다.

윤수가 대학에 들어간 해, 아버지가 중풍으로 쓰러지면서 집안도 기울었다. 어지러운 집안을 정리도 채 못 하고 윤수는 상경했다. 옥이는 작은 출판사에 다니며 흐트러진 마음을 다독거렸다. 윤수가

82

과외로 모은 돈은 학비로는 턱없이 모자랐다. 부족한 돈은 손발이 시리도록 야근을 하는 옥이가 보냈다.

윤수가 국비유학생으로 선발되어 해외로 떠났다. 옥이가 밤새워 교정 본 원고료는 꼬박꼬박 이국으로 날아갔고 윤수가 박사학위를 곧 받는다는 편지가 날아왔다. 온몸으로 윤수를 뒷바라지하던 그녀도 일손을 늦추고 오랜만에 멋을 부렸다.

옥이는 손에 잡힐 듯 가까워진 행복이 두려웠다. 꿈을 이룬 윤수가 혹 마음이 달라질까 불안했다. 귀국 날 들고 나갈 플래카드를 꼼꼼히 수놓는 옥이 손은 재발라지는데 윤수 소식은 조금씩 뜸해졌다. 무릎을 맞댈 것 같던 희망은 신기루처럼 멀어지고 윤수가 보낸 사진 속 동료인 파란 눈 아가씨들이 언뜻언뜻 스쳤다.

어느 날 한 통의 편지가 날아들었다. 그것은 연서가 아니라 가슴을 깊숙이 찌르는 화살이었다. 태평양 저편 파란 눈으로 돌아선 그에게 편지를 보내도 더는 답이 없었다. 생살을 뜯어내는 옥이의 절규는 밤을 새웠다. 그 후 언제부턴가 그녀 몸에서 담배 냄새가 났다.

옥이는 가끔 사위어가는 나무처럼 서 있었다. 제 몸의 정기가 다 빠져나가 보였다. 담뱃진이 노랗게 밴 앙상한 손으로 연기만 뿜어 댔다. 인생이 마음 같지 않다지만 그래도 살아볼 만한 세상인데 자

신을 너무 일찍 태워버린 것일까. 어느 날 떠나버린 옥이의 행방을
아는 사람은 없었다. 옥이는 자신의 몸이 빨리 타버리기를 바라며
오늘도 연기를 길게 내뿜고 있을지 모른다. 어쩌면 길바닥에 내동
댕이쳐진 자신을 보이기 싫어 멀고 외진 곳으로 숨어버렸는지도
모른다.

    계단 구석마다 젖은 꽁초들이 쓸려 나온다. 제 몸을 뜨겁게 태운
진액 덩어리들이다. 달콤한 사랑도 중독되었다가 버려지면 저리 독
할까?

개똥참외

　　　　　　　　　울퉁불퉁한 참외 엉덩이가 선들바람
에 들썩거린다. 참깨를 거둔 자리에 개똥참외가 자랐다. 그 자리를
허락한 적도 가꾼 적도 없다. 참깨 고랑에 들어 잠비를 맞은 참외 잎
이 나풀나풀했다. 한여름이 지나고 노란 꽃을 달더니 초록 넝쿨 사
이로 불쑥불쑥 드러낸 저 엉덩이, 누굴 똑 닮았다.

　노란 꿀참외를 먹고 씨앗을 텃밭에 버렸다. 거름으로 썩지 않고
싹을 틔울 줄이야. 운명처럼 날아온 개똥참외는 밭고랑에 낮게 숨
죽이며 더부살이를 했다. 주인이 바라지도 않던 존재라 열매를 달
려고 안간힘으로 버티었으리라.

　성근이다. 누가 보아도 웃음부터 나왔다. 툭 튀어나온 이마에 안
장코와 하마 입이었다. 땅딸한 몸에 짧은 목을 흔들며 큼직한 앞니

를 잘 드러냈다. 앞으로 내민 배불뚝이와 뒤로 내민 엉덩이가 앞뒤로 실룩거렸다. 울퉁불퉁 얼굴에 때깔 없는 입성이었지만 늘 싱글거렸다.

성근이는 고향 집 비워둔 별채에 살았다. 그의 아비는 느지막이 불쌍한 여인을 거두다 예순 넘어 아들을 얻었다. 여인은 산통으로 죽고 늙은 아비가 애지중지 길렀다. 성근이 아비는 가까이 사는 맏딸에게 유언을 남겼다. 천수답 서너 뙈기를 늦둥이 몫으로 남기고 장래까지 맡겼다. 성근이는 생각지 않던 씨앗의 발아였다.

맏딸 수월댁의 유일한 친정집 남동생이었다. 버릴 수도 안을 수도 없었다. 육 남매 식솔도 버거운 집안에 성근이는 설움 구더기였다. 식구들 구박질에는 멀뚱거리지만 용한 시선은 놓치지 않았다. 알든 새처럼 품는 누님 눈길을 잘 따랐다. 앉을 자리 설 자리를 재바르게 익히고 주먹밥 한 줌이라도 얻으면 마파람에 게 눈 감추듯 삼켰다. 명색이 아이들 외삼촌 격이지만 개똥밭 참외였다.

개똥참외는 철 지난 열매를 맺었다. 참깨 숲을 거두고 나서야 눈부신 햇살에 알몸을 굴렸다. 장막을 거두고야 온전히 제 존재를 내보였다. 한걸음 뒤처져 자라지만 틈새 햇살을 달게 받으며 참깨 숲에 심통도 부리지 않았다. 달빛을 머금고 새벽이슬을 마신 탐스러운 열매는 축적된 에너지였다.

개똥이 흔했던 시절이 있었다. 개를 풀어 키우던 때는 온 동네가 개똥밭이었다. 마른 개똥은 찰진 거름이었다. 그 거름에 숨어 들은 참외 씨앗이 밭고랑에 자라 열매를 달았다. 완숙한 참외로 자라기까지 척박한 환경을 견디어야 했다. 때늦은 참외는 모자란 햇살을 비집고 울퉁불퉁 아린 속내로 익어갔다.

성근이는 명석하지는 않지만 진득했다. 꽁보리밥도 달게 먹었다. 조카들이 남긴 시래기 한 줄도 꿀이었다. 타고난 강질인지 개똥참외처럼 육 남매 속에 잘도 굴러다녔다. 학교에 다니면서 논밭 일을 거들었다. 제 또래 조카가 낮잠을 자면 머리맡에서 부채까지 부쳐주었다. 업둥이 자리를 알고 제 삶을 거부하지 않았다.

성근이는 묵묵히 저만의 힘겨운 역사를 이루었다. 혹독한 시간을 건너는 동안 성근이 팔뚝은 굵어지고 황소처럼 건장해졌다. 부산에서 철공소를 차리면서 조카들도 직원으로 불러오고 돈도 꽤 벌었다. 그러면서도 아버지에게 받은 유년의 버팀목인 천수답은 묵히지 않고 웅덩이 물을 퍼 올려 땅심을 다졌다. 가을이면 메주콩이 탐스럽고 나락 이삭이 무겁도록 달렸다. 성근이는 열심히 저축한 돈으로 고향에 논밭을 사들여 남부럽지 않았다. 개똥참외는 타고난 큰 그릇이었다.

탐스러운 텃밭 참외 몇 개를 골라 속을 열어본다. 푸릇한 겉모습에 주홍빛 속살, 한입 깨무니 싱그러운 바람이 인다.

아름다운 동행

오래된 모임이 있다. 가족처럼 푸근
해 얼굴만 보아도 서로의 마음을 읽는다. 연령대가 달라 형님 아우
로 돈독해진 사이다. 가끔 여행을 다니곤 하는데 이번에는 서유럽
을 간다.

여행은 일상을 탈출하는 즐거움이다. 누구와 함께하느냐에 따라
그 의미가 달라진다. 우리는 여행의 필수조건인 건강, 시간, 친구를
갖추고 새로운 문화를 공감하고 이국적 풍경에 감흥이 일어나는 사
이다.

독일 프랑크푸르트에서 유럽 일정을 시작한다. 초원 위에 붉은
집들이 낯선 풍경으로 다가온다. 차창으로 스치는 플라타너스 숲이

울창하다. 아침에 일어나 창문을 열면 새소리가 들린다. 어디를 가도 수목이 우거진 땅이다. 아침잠이 없는 나는 일찍 일어나 창문을 연다. "산새들이 노래한다, 수풀 속에서 랄라." 노래로 밝은 분위기를 만든다. 하루이틀 지나면서 정이 더 진해진다.

유럽은 하루에도 몇 번씩 비와 햇빛이 번갈아 온다. 변화무상한 날씨에 초원이 빛나고 먹거리도 풍부하다. 들판에 자생한 붉은 양귀비와 아름다운 평원이 그림엽서 같다.

어디를 가도 여유롭다. 이들은 억지 멋을 내지 않는다. 수수한 자체가 멋이다. 철저하게 검소하고 자기 생활에 충실하다. 비 오는 날 분위기와 햇살을 즐길 줄 안다. 먹고, 노래하고, 사랑한다. 환경은 청정하고 사람들은 부드럽다.

독일 하이델베르크에서 '황태자의 첫사랑'의 배경을 만나고, 오스트리아에서 '사운드 오브 뮤직'의 도레미 송을 부르고, 로마 트레비 분수에서 '오드리 헵번'이 되어 본다. 추억의 영화를 현지에서 떠올리며 시간을 거꾸로 보낸다. 이런 유치한 짓도 더불어 할 수 있어 즐겁다.

저녁마다 시원한 맥주로 목을 축이며 여행의 하루를 정리했다. 건강도 챙기고 지친 마음도 나누었다. 낯선 여행지의 감동과 실수, 새로운 느낌을 풀어놓고 한바탕 웃어댔다. 더불어 지낸다는 것은 힘이고 울이었다. 서로가 든든한 지킴이들이었다. 매일 밤 설레는 내일을 기대하면서 잠자리에 들었다.

유럽인들이 옛것을 사랑하고 아끼는 마음은 배워야 할 덕목이다. 오래된 집은 가치가 월등히 높다. 철저하게 현실적이고 큰 집이나 큰 차를 갖지 않는다. 동네, 가족, 일이 우선이다. 해 떨어지는 시간이 밤 9시라 백야란 말을 실감케 한다. 흥청대기보다 가족들과 담소를 나눈다. 어느 도시라도 상점 앞은 카페 테라스를 둔다. 맥주 한 잔을 두고 여담을 즐기는 모습은 안방에서 이야기하듯 편안해 보인다.

상점은 안과 밖, 앉고 서는 것에 음식 값이 다르다. 자리 제공에도 가격을 다르게 매기는 문화가 처음에는 수용이 힘들었다. 사람이 하는 일은 높은 가치를 둔다. 화장실도 거의 요금을 지불한다. 여행은 늘 새로운 경험이다.

유럽 도로는 돌로 짜 맞추어 자동차의 진동을 줄이고 완충작용을 하게 해 유적을 보존한다. 돌 문화라 해도 과언이 아니다. 2천여 년 역사를 자랑하는 유적도 환경이 큰 몫을 한다. 교황청이 있는 바티칸시국의 웅장하고 아름다움에 두 손이 모아지고, 콜로세움과 폼페이의 아픈 역사는 시대를 다시 돌아보게 한다.

베네치아에서 수상택시로 물바람을 맞아서인지 눈을 뜰 수 없을

정도로 얼굴이 붓고 몸이 무거워 여행이 힘들었다. 형님 아우들이 낮밤으로 약을 챙기고 진심으로 간호를 했다. 약차와 상비약, 수지침 등 온갖 치료로 정성을 다해 주었다. 객지에서 몸이 아프면 도리가 없는데 든든한 품을 새삼 느꼈다. 온 사랑에 부기도 가시고 몸도 가벼워졌다. 오랜 우정을 새삼 느끼게 했다.

밀라노의 두오모 성당은 날카로운 첨탑에 올려진 3,000개가 넘는 입상과 내부의 스테인드글라스 그림들에 전율이 온다. 인간의 무한한 능력을 인정하는 순간이다. 동양이 자연주의라면 서양은 인간중심이다. 동양은 자연 속에 인간을 내포하지만 서양은 인간 자체를 화폭이나 조각에 과감히 드러내고 있다. 동서양 문화 차이를 직접 체험하며 로마에서 로마법을 따르듯 우리의 하루하루는 유럽 문화에 젖어간다.

어디를 가도 "안녕하세요." 인사를 했고 그들은 '필승 코리아'를 들려준다. 새삼 국력을 느낀다. 2002년 월드컵과 붉은악마를 선명하게 기억하는 그들이다.

마지막 여행지인 런던으로 가려면 프랑스에서 도버해협 해저터널로 통과한다. 해저터널을 지나면서 맛본 커피 맛은 달았다. 런던에서 제일 먼저 본 것은 템스강의 런던 브릿지다. 영어 교과서에 나오던 그림이 안개 속에 서 있다. 국회의사당, 엘리자베스 여왕이 거처하는 버킹검 궁전에서 붉은 복장의 근위병 교대식을 본다. 대영박물관에 한국관이 있다. 서양 세계에 홀려 있다 한옥을 보는 순간 푸근한 안정감을 느낀다. 뿌리는 속일 수가 없다. 생생한 현장감을 안고 런던에서 공항으로 향한다.

여행지의 역사, 숨은 이야기들을 사진까지 첨부해서 여행기를 만들어 형님 아우들에게 나누어주었다. 한 장씩 펼치면서 시간 여행을 다시 한다. 세상은 더불어 사는 맛이다. 십여 일의 긴 시간은 아름다운 동행이었다.

가스레인지

 큰애가 물 건너온 전기레인지를 보
낸다. 가스 불은 일산화탄소 때문에 뇌 손상에 치매까지 올 수 있다
고 한다. 고맙다고 대답은 했지만 전기를 이용하는 것이라 크게 반
갑지 않았다. 전기레인지를 가져온 요리사가 한바탕 음식들을 만들
고 간 후에야 마음이 조금 기울었다. 신제품을 남들보다 먼저 사는
것은 내게 버거운 소비다.

전기레인지의 부드러운 터치로 열을 감지하는 센서, 해처럼 달아
오르는 열기가 낯설다. 열판 네 개에 불을 올리고 지지고 볶고 끓이
며 흥에 겹다. 은근한 불 맛에 파전과 감자전을 지져내며 혼자 우쭐
해진다. 잣죽을 뭉근히 끓여 상에 올리니 남편이 달게 먹는다.

새댁 시절은 연탄불부터 시작했다. 아궁이 탄불에 아기 죽을 끓이다 보면 불 조절이 만만치 않았다. 넘치고 타고 무연탄 냄새까지 고역이었다. 휘발유 냄새나는 석유풍로보다는 연탄불이 나았지만 둘 다 아기 죽 끓이는 연료로는 힘들었다.

그날도 연탄가스에 무거워진 머리를 식히는데 웬 남자가 마당에 들어와서 종이상자를 내 앞에 쿵 내려놓았다. 상자에는 빨강 글씨로 '후지카 가스레인지'라고 적혀 있었다. 가스레인지 할부 외판원이었다. 그의 입담이 재주를 먼저 부렸다. 손이 많이 가는 요리도 밥상에 금방 오르고 아기 이유식은 놀이 삼아 끓여내었다. 그의 말재주도 한몫했지만 하루에도 대여섯 번씩 탄불에서 우유죽을 끓이는 고통에서 벗어나고 싶었다.

남편과 상의도 하지 않고 가스레인지값 십삼만 원을 육개월 할부로 구매해버렸다. 알뜰 살림에 거금을 들인다는 것은 내가 허락하지 못할 일이지만 절실했기에 용서되었다. 종일 설레는 마음과 남편이 어떤 반응을 보일까 하는 마음이 교차하면서 하루가 더디게 갔다. 퇴근한 남편이 현명한 판단이라며 흔쾌하게 치켜세우는 바람에 그의 가슴이 바다보다 넓어 보였다. 목마른 갈증이 하나씩 이루어질 때마다 일상의 활력을 만들었다.

가스레인지 화구에서 올라온 파란 불꽃이 냄비 바닥에서 목을 젖혀 만개하면 내게도 꽃이 피었다. 회전식 밸브가 '두루룩' 돌아가는 소리는 경쾌한 음악이었다. 친정어머니가 사주신 압력솥이 다락에서 내려와 추를 맹렬히 돌리고, 이유식도 약한 불에 끓여 아기 입을 달게 했다. 작은 것에도 과한 만족은 궁한 생활이 행복 지수를 높였기 때문이다.

가스레인지 자리를 전기레인지가 차지했다. 가스 냄새도 없고 삼발이가 없어 청소하기도 편리하고, 건망이 심한 내게는 가스 사고가 날 일이 없다. 깨끗하고 편리하지만 오랜 친구를 버린 것 같아 짠하다.

주방에서 열기를 내던 가스레인지는 뒤 베란다로 밀려나 우두커니 할 일이 없다. 빨래를 삶거나 곰국을 끓이는 정도다. 칠이 벗겨진 화구 둘레와 녹슨 옆구리는 열심히 살아온 시간을 말해준다. 겉모습은 낡았어도 불길은 여전하다.

전기레인지에 카레를 올린 지 한참 되었는데 보글거리기만 한다. 답답한 마음에 가스 불로 옮기니 퍼런 불길을 솟구치며 활활 끓여낸다. 급한 내 성질에는 가스 불이 성에 찬다. 가스레인지는 아직도 내게 버릴 수 없는 살가운 존재다.

마주하는 행복

　　　　　　　　보청기 가게를 하는 친구와 왕천리
에 간다. 단골고객을 위한 보청기 출장인 셈이다. 가을 하늘이 좋아
나도 따라나선다. 왕천리 마을에 들어서니 붉은 대문 안으로 개 짖
는 소리가 요란하다. 대문이 '삐꺽' 열리며 왼팔에 깁스한 할머니가
얼굴을 내밀더니 대뜸 소리부터 지른다.

　"안에서 일하러 오마 우야노. 밖에서 와야지."

　남자가 와야지 여자가 뭘 하겠느냐는 것이다. 사실 친구는 보청
기를 섬세하게 잘 만진다.

　"남편에게 공부 다 해왔습니다."

　친구가 상냥한 웃음으로 대꾸한다. 대문 안으로 들어가니 진돗개

두 마리가 눈을 부라리며 달려들 듯이 뛰어나온다. 큰 집을 지키는 울타리 같다. 마당에는 뽕잎 향이 가득하다. 오늘 말린 뽕잎을 약제로 팔아 칠만오천 원을 받았다며 자랑이 앞선다. 할머니의 큰 목소리에 화려한 꽃무늬 옷이 출렁거린다. 마당에서 넘어져 왼팔은 깁스를 했다며 오른손으로 두 손 몫을 능숙하게 해낸다. 수돗가에는 방금 뽑은 푸성귀가 할머니 손을 기다린다. 할머니가 뒤란 텃밭으로 목을 빼고,

"보청기 왔다."

냅다 소리 지르니 흙투성인 할아버지가 엉성한 이빨로 웃으며 나온다. 구부정한 허리며 비틀거리는 모습이 밭일을 한다는 게 의아스러운데 할머니는 장정만큼이나 든든해 한다.

"영감, 어여 방에 드가시더. 보청기 빨리 하고 날 좋을 때 지슴 뽑아야제."

"그래, 그래."

할아버지는 할머니 말을 잘 따른다. 마루 천장이 높다랗다. 자식들이 오두막집에 살던 부모님을 위하여 천장 높은 집을 지어주었단다. 빛바랜 벽에는 학사모를 쓴 자식들 사진이 줄줄이 걸려있다. 파리똥이 학사모 쓴 얼굴에 주근깨처럼 앉았다. 노부부의 큰 자랑이며 열심히 살아온 흔적이다. 당신들 뒷바라지보다 자식들이 열심히

공부를 해주었다며 침이 마른다.

친구가 할아버지 귀에 보청기를 꽂아드리는데 할머니가 보청기 돈부터 세어 보란다. 장롱 안에서 꼬깃꼬깃한 지폐를 한 움큼 내어 놓는다. 친구가 펼쳐가며 세어 보고,

"맞습니다."

하니 할머니는 뒷소리하면 안 된다며 할아버지에게 다시 세어 보란다. 할머니는 큰 목소리로 집을 흔들 것 같지만 중요한 일은 영감님에게 맡긴다. 할아버지는 돈을 몇 번을 세어도 틀린다. 스물아홉 다음에 마흔을 세니 맞을 리가 없다. 할머니가,

"아이구, 날 새겠다. 열 장씩 떼서 방바닥에 놓아보소."

"옳지, 옳지."

할아버지는 열 장씩 방바닥에 다섯 줄로 깔아놓는다.

"그라이, 딱 맞아떨어지네."

할아버지는 큰일을 해낸 듯 할머니를 바라보며 하회탈처럼 웃는다. 그제야 친구도 작업을 시작한다. 할머니가 또 당부다.

"보청기 단디 하소. 이번 주말에 경찰하는 둘째가 내려오는데 우리 늙은이는 몰라도 아들은 잘못된 것 금방 아니더."

여자가 만지는 게 믿음이 덜 가는지, 몇 번이나 엄포를 놓는다.

자식들이 냉장고가 꽉 차도록 음식을 해 넣어주고 힘든 일은 하

지 말고 편하게 지내라고 했단다. 집안 내력과 장성한 자식들 모습을 그림 그리듯 이야기한다. 학사모 쓴 사진 다섯 장을 올려다보며 '저거들이 똑똑했지.' 연신 끄덕거리는 노인들 얼굴에 꽃이 핀다.

그들은 평생 일구어 놓은 논밭 스무 마지기가 걱정이다. 자식 농사 잘 지었더니 땅 농사를 지을 자식이 없단다. 보물보다 더 귀한 땅이지만 도회지에 사는 그들의 생계 수단은 농사가 아닌 것을 어찌할 수 없다. 그래도 그분들 자식이라면 부모가 남겨둔 것을 허투루 하지 않을 것 같다. 그 와중에 친구는 할아버지 마음에 꼭 들게 일을 끝낸다.

돈을 셀 때도 밭일을 하고 참을 먹으면서도 다투는 듯 실랑이에 투박한 정이 묻어있다. 오후 녘에 할머니가 읍내 장터에 간다며 우리 차에 같이 오른다.

"영감, 지슴 뽑고 있으소. 저녁거리 무슨 괴기 사 오면 좋겠노."

"아무거나 많이 많이 사 오소"

할아버지는 몇 남지 않은 치아를 드러내며 껄껄 웃는다. 두 분 모습이 원앙이다. 오늘 저녁에는 새 보청기를 꽂고 조곤조곤 고등어 살을 주거니 받거니 드실 테다.

뭔, 헛소리

나른한 오수를 즐기고 있었다.

'따르릉' 무심코 집어 든 집 전화기에서 굵직한 남자 목소리가 들렸다.

"정하나, 집이죠?"

"네 그렇습니다."

"하나가 지금 사고를 당했습니다."

"네? 어디서요? 어떻게요?

잠이 확 달아났다. 오늘 아침에도 출근하는 중이라고 밝게 전화를 하던 아이였다. 머릿속이 혼란스러웠다.

"어머니, 당황하지 말고 제 말 잘 들으세요. 하나가 우리 사채를 썼어요. 그런데 기한이 지났는데 아직 갚지 않네요. 그래서 잡아 왔습니다. 제기랄, 돈 빌려준 친구가 외국으로 떠났다 하네요."

전화기 너머로 하나는 "엄마 어떡해." 하면서 펑펑 울고 있었다. 분명 하나 목소리였다. 순간, 하나 친구가 결혼을 반대하는 부모들 때문에 외국으로 달아나버릴까 한다던 이야기가 퍼뜩 생각이 났다. 이럴 수가. 아귀가 딱 들어맞았다.

"하나가 제 돈도 있을 텐데, 왜 사채를 빌렸을까요?"

"친구가 빌린 거죠, 하나는 보증을 서고요."

하나 울음이 가슴을 찌른다. 남자에게 하나와 통화하겠다고 하니 "어머니에게 똑똑히 말씀드려." 하면서 전화는 바꾸지 않고 아이만 닦달을 했다. 하나는 모질게 당하는 듯 울먹이며 말을 하지 못했다.

"우리는 냉혈인간입니다. 기한이 지나면 우리 방식으로 처리합니다. 지금이라도 어머니가 삼천만 원 갚으시면 해결됩니다."

가슴이 뜨끔했다.

"시간을 주세요, 남편에게 부탁해야 합니다."

사채업자들은 사악하다 들어서 나도 모르게 방어막을 던졌다.

"당신 통장에 그 돈도 없단 말이야?"

"경제권이 남편에게 있어요."

"그럼 우선 이천만 원이라도 보내."

돈을 바로 요구하니 의심이 살짝 들었지만 전화기를 통해 들려오는 하나 울음에 마음이 안절부절못했다. 남자는 "조용히 해" 하면서 하나를 발로 차듯 윽박질렀다. 남자에게 시간을 달라고 해도 막무가내로 밀어붙였다. 나중에는 천만 원까지 내려갔다. 정신이 명료해지기 시작했다. 당신 딸 구하려면. 지금 당장 보내.

"내 수중에는 십만 원도 없습니다".

"후회하지 마세요."

남자는 전화기를 던지듯 끊었다. 온몸에 땀이 흥건하고 가슴에 방망이질이 났다. 아이 휴대폰으로 전화를 할 수가 없었다. 하나 사무실 연락처를 알아둘 걸 후회가 막급했다. 아이 목소리를 직접 들어야 마음이 놓일 것 같았다. 우왕좌왕하다 동생 하영이에게 전화를 걸었다. 언니 회사 사무실 전화번호를 알아내어 통화를 해보라고 했다.

'갑자기 왜 그러냐'고 묻는 하영이에게 '어서 빨리해 봐' 소리만 질렀다.

기다리는 시간에 피가 가꾸로 흘렀다. 오분이 한 시간이었다. 수신음이 들리는 휴대폰을 두 손으로 와락 움켜잡았다.

"하나야."

"엄마, 저 회사 사무실에서 일하고 있어요."

"하나야, 정말 하나 맞지. 정말 괜찮지."

"엄마, 보이스피싱 당했지. 나쁜 놈들. 얼른 얼음물 마셔요."

아이 목소리를 듣고 나니 북받친 울음이 터졌다. 극도로 졸인 마음이 뻥 뚫렸다. 남이 보이스피싱을 당했다는 이야기를 들을 때는 어찌 그리 속을까 싶었다. 내가 당하고 보니 충분히 그러고도 남을 일이었다. 저들은 나른한 오후를 공략하고 아이 울음을 들려 어미 모성을 자극했다. 이미 놀란 마음은 그 울음이 제 아이 울음으로 착각하게 했다. 더구나 이름과 전화번호까지 정확하게 들이대니 여지없이 무너졌다.

그 일이 우스개처럼 편안해질 때쯤, 외출에서 돌아와 옷을 벗는데 집 전화가 울렸다. 굵직한 남자 목소리가,

"정하영, 집이죠."

"네 그렇습니다만." 하는 순간 언뜻 귀에 익은 목소리였다.

"하영이가 지금……."

"뭔 헛소리, 어디다 또 수작을 부려."

전화를 끊어버렸다. 그들은 가족 신상을 통째로 꿰차고 있었다. 1차 시도의 가능성을 엿보았던 같았다. 나를 푼수 리스트에 올려놓고 잊을 만하면 건드리는 수법이었다. 고민이었다. 언제 또 당해서 놀랄지 집 전화번호를 없애기로 했다. 집 전화로만 통화하는 언니

와 몇 지인들이 있지만 어쩔 수 없었다.

전화국에 들러 전화 해지 신청을 했다. 절차가 간단하지 않았다. 막상 집 전화를 없애려니 만감이 들었다. 집 전화를 처음 들여놓았을 때가 40년 전이다. 부모님에게 안부 전화를 하려면 전화국 들러 시외 전화 신청을 하고 한 시간을 기다려야 통화를 했다. 그래서 들여놓은 집 전화였다. 남편에게 전화번호는 내 이름으로 신청을 하자고 욕심을 부렸다. 모든 것은 남편 이름으로 되어 있어서 내 재산 목록 1호로 만들었다.

전화기가 울리면 내게는 '주인님' 하는 소리로 들렸다. 지금은 유치찬란한 것 같지만 내게는 정 들일 데 없는 타지에서 유일한 행복이었다. 전화번호 앞자리가 두 자리에서 세 자리로 바뀌고 새댁에서 중년으로 자라면서 이 도시에 뿌리를 내렸다.

000-0000 번호가 내 이름과 함께 해지되었다. 마음 한쪽이던 재산 1호가 삭제되었다. 돌려받은 가입비는 소액이지만 새 통장에 넣었다. 한때는 내 재산 1호로 가슴을 뜨겁게 했으니까. 울림을 잃어버린 전화기는 장식품으로 윤기를 낸다.

'가슴이 아린 전화번호로 함부로 사기를 쳐.'

산마

전화벨이 울린다. 토종 산마를 구했으니 중간지점 영천에서 만나잔다. 택배로 보내도 될 산마를 급하게 가져온다니, 산마 속에는 분명 당장 먹어야 할 음식들도 가득할 터이다. 우리 식구들을 실하게 챙기고 싶은 언니의 마음이다. 하얀 실같이 끓이지 않고 죽죽 늘어지는 산마를 즐기는 내 식성을 잘 아는 언니다.

만삭이 된 동생을 걱정해서 언니가 찾아오던 날 둘째를 낳았다. 나는 아기를 순산했지만 하혈이 심해 갓난쟁이 얼굴도 미처 보지 못한 채, 종합병원으로 옮겨졌다. 의사도 그런 경험은 처음인지 큰 병원에서 배를 열어봐야 한다고 했다. 그 시간 남편도 연락되지 않

아 언니 혼자 감당했다.

양팔에 수혈 주머니를 달고 갓난아기와 큰 병원으로 실려 가는데 사이렌 소리와 아기 울음에 과다 출혈로 정신이 혼미해졌다. 간호사는 내 뺨을 때리며 정신 차리라고 흔들어대고 언니 등에 업힌 어린 조카도 같이 울기 시작해서 응급차는 공포가 덜컹거렸다.

'예쁜 아기 네가 키워야지.' 하는 언니의 강단 있는 눈빛에 가라앉은 몸이 살아났다. '아기 얼굴에 보조개가 폭 들었다.'며 작은 얼굴에 특징까지 찾아내었다. 큰 병원에 옮겨지면 아기가 바뀔까 봐 세세히 단속했다. "언니가 너를 꼭 살릴게." 바닥 깊은 곳에서 우러나는 주문 같은 말은 세포마다 퍼졌다. '내가 살아야 아기도 산다.'는 생각이 번쩍 들면서 어금니를 꽉 깨물었다.

큰 병원에서 내 몸을 살피는 동안 언니 입술이 산마 진액처럼 하얗게 말라 있었다. 희미해진 의식은 고향으로 날아가 산마 즙을 오지게 한 숟갈 떠 넣는데 '출혈이 멈췄습니다.' 하는 굵은 음성에 이어 '고맙습니다.'라고 연거푸 울음 같은 언니 목소리가 들렸다. 핑그르르 돌던 정신이 수습되며 둘러선 하얀 가운들이 어른거렸다. 언니의 간절한 마음이 구급차에 오면서 내 몸을 회복시켰다.

어릴 때 소화력이 약하던 언니는 호박돌에 간 산마 생즙을 하늘 한번 쳐다보고 잘도 삼켰다. 언니는 어리숙한 동생 바람막이를 단단히 해냈다. 혓바닥에 남은 뽀얀 즙을 닦아낸 치마 끝단에는 산마꽃이 늘 한들거렸다. 산마의 끈적한 성질과 부드러운 속살은 동생을 향한 변함없는 언니의 숨결 같았다. 그 보호막에 어떤 외부의 충격에도 완화됐다.

춘극 같은 일은 딸을 연년생으로 낳아 심리적으로 허탈해진 몸의 반응이었다. 결혼 후 오륙 년이나 유산을 반복하며 임신 노이로제에 걸려 있었다. 분만 후 "공주예요." 하는 간호사 말에 몸이 물젖은 화선지처럼 가라앉았었다. 아들을 기대하던 팽팽한 긴장이 풀리면서 과도한 출혈을 했다. 그 감정을 산부인과 의사가 어찌 알겠냐는 마음이 몸을 길들인다는 것을 그때 처음 알았다.

중학교 때 내 작은 키는 책가방이 땅에 끌렸다. 언니는 등교 때마다 내 책가방을 받아 이마에 땀이 송골송골 맺히도록 동생 손을 잡고 걸었다. 교문에 들어서면 친구가 볼까 봐 책가방을 빼앗듯이 달아나는 내 귓등에 '자빠질라' 하는 염려 소리를 못 들은 척했다. 어머니는 그 사실을 졸업 후에야 아시고 무척 안쓰러워했다. 언니도 키만 훌쩍 자랐지 탄탄한 체질은 아니었다.

돌아보면 언니에게 가혹한 마음고생만 시켰다. 하지만 언니는 작은 걱정거리 하나라도 내게 비친 적이 없다. 양가 맏이로 살면서 어찌 평탄만 했을까. 살아오면서 언니 심장이 멎도록 놀라게 한 일이 한둘이 아니지만, 그때마다 내 폭발음을 스펀지처럼 흡수하고도 멀쩡한 척했다. 예순 중반에 들어선 언니 몸이 조금씩 삐걱거리는 게 내 탓인 것 같아 죄스럽다. 형만 한 동생이 없다는 진리를 통감한다.

언니는 나와 세 살 터울이라도 동생에게 쏟는 정은 부모 버금간다. 실타래처럼 혼란한 생각도 그 앞에만 펼치면 봄눈 녹듯 풀린다. 내 안에 에너지를 일깨우고 버거운 일도 맞들어준다. 이순이 지나도록 동생과 멀리 사는 걸 아직도 아쉬워한다. 실은 그 거리감에 내가 당당하게 홀로서기 하는데 말이다. 언니의 살뜰한 마음은 흉내낼 수도 없어 전생에도 언니와 한 식구였으리라고 덮는다.

죽도시장에서 언니가 좋아하는 생미역, 고등어, 돌문어 등 '해물산마'를 얼음 가방에 넣고 자동차로 달린다. 오늘도 돌아오는 우리 차 트렁크에는 언니 마음이 넘치도록 채워질 테다. 내가 건네는 바다 냄새를 무리한 낭비라고 나무라겠지만, 내일 아침이면 생물 고등어가 달다고 전화통을 울릴 것이다.

개암나무

'치매를 앓는 어머니를 찾습니다. 후
사하겠습니다.' 어머니를 찾는 현수막이 우리 동네 개암나무에도
걸렸다. 행여나 하는 자식들의 절박한 마음이 바닷가 마을까지 와
서 울고 있다. 현수막에 그려진 멍한 노인의 얼굴이 기억을 잃어가
던 내 어머니를 닮았다.

고향 집 안마당에는 나이 든 개암나무가 한 그루 있었다. 밑둥치
에는 넓적 돌이 둘려져 있어 비바람에도 크게 흔들리지 않았다. 어
른들이 농사일하러 들로 나가면 막둥이인 나는 개암나무 아래서 소
꿉놀이로 하루를 보냈다. 종일 나무 허리를 안고 맴을 돌아 내 키 높
이까지 반들반들 윤이 났다. 날이 어둑해지면 개암나무를 안고 울

다 잠이 들곤 했다.

어느 해, 새마을운동이 일어나 골목 안길을 넓히는 공사가 있었다. 골목 담장을 허물어 마당 안까지 길을 넓혔다. 담장 사이에 수십 년을 집 지킴이처럼 살아온 개암나무도 흔들렸다. 어머니는 나무를 들어내지 않으려고 완강히 버텼지만 개인의 사정은 고려되지 않았다. 담장이 헐리고 땅속 골목까지 뻗어나갔던 뿌리가 들추어지고 개암나무가 거대한 몸체를 드러냈다. 쓰러진 거목이 가지를 떨며 헐떡거렸다.

개암나무는 가지마다 봄 새순을 달고 넓적 돌과 같이 떠났다. 움푹 팬 자리 위로 새길이 나고 손수레와 경운기가 지나갔다. 개암나무는 내 안으로 더 깊게 뿌리를 내렸다.

고향 집에 가면 개암나무가 서 있던 자리를 더듬어 보곤 한다. 돌담을 밀어낸 블록 담장은 호박 한 줄 기어오르지 못할 딱딱한 얼굴로 나를 바라본다. 개암나무에 기대어 엄마를 기다리던 아이는 안으로 잎을 내고 열매를 달며 튼실하게 자랐다.

어머니는 짝을 만나 떠나는 딸을 대견해하면서도 서운해했다. 당신 몸이 소진한 허허로움 때문이었을 것이다. 어느 늦가을 흰 국화 속에서 웃고만 계시던 어머니 자리는 개암나무 빈터보다 더 깊었다.

어머니를 찾는다는 현수막을 부여잡은 개암나무에 노란 열매가 부러지도록 달렸다. 어머니 허리에 매달린 자식처럼 올망졸망하다. 그 품에 안겨, 먹고 잠들고 어리광을 부리며 무성하게 자랐을 것이다.

자식들은 어머니 한 사람을 보살피지 못해 애를 태운다. 바람 불고 비 맞는 노인 얼굴이 하얗게 바래진다. 지나는 사람마다 개암나무를 바라본다. 개암나무는 제 어미를 찾아 천지를 헤맬 자식들이 눈에 밟히는지 거친 바람 소리를 낸다.

밀주, 그 현장

'땡땡땡땡땡땡땡땡'

은행나무에 매달린 무쇠 종이 연거푸 울어댄다. 조용하던 마을에 북새통이 난다. 봄날 한가히 쑥을 말리고 채소를 다듬고 빨랫감을 만지던 아낙들이 헛간과 방을 헤매다 급하게 뛰어나온다. 동구 밖으로 나온 이들은 신발도 채 신지 못하고 가슴까지 팔짱을 올리고 사색이 되어 벌벌 떤다. 동네는 놀란 개들만 왈왈 짖어대고 온통 빈집이 된다.

이런 광경이 어린 나에게는 불안하고 무서웠다. 한길에 양복 입은 사람을 보면 누구라도 은행나무에 달린 비상종을 쳤다. 그럴 때마다 동네가 우왕좌왕 술렁거렸다. 신사복은 주로 관공서 사람들이

입었다. 그래서 마을 손님으로 찾아오는 양복쟁이를 밀주 단속반으로 알고 은행나무 무쇠 종이 숨 가쁘게 울기도 했다. 어머니는 놀란 가슴을 쓸어내리며 안도의 한숨을 쉬었다.

한때는 술을 양조장에서만 빚을 수 있었다. 가정집에서 빚은 술은 밀주라 정해져 불법으로 간주했다. 식량이 부족한 때라 밀주는 허용되지 않았다. 세무서 직원들은 동네 이장을 데리고 다니며 집을 수색했다. 쇠꼬챙이로 거름 터까지 쑤셔대며 밀주 증거물을 찾아내었다.

밀주 단속이 심할수록 숨기는 방법도 다양했다, 나뭇가리, 우물, 헛간채, 장독 아래, 마루 밑 등 대여섯 곳을 비상시 자리로 마련해두고 수시로 옮겼다. 단속반은 순진한 아이들 심성을 건드려 물어보기도 했다.

단속반이 들이닥치면 동구 밖으로 몰려나온 사람들은 단속반이 자기 집으로 들어가는지 혹이나 지나치는지 조마조마했다. 밀주를 들킨 집 아낙은 털썩 주저앉아 초주검이 되었다. 또 누가 당할지 모르는 상황이기에 서로 위로하고 다독였다. 벌금이 얼마나 되었기에 그토록 힘들어했을까. 농사를 지어 현금을 보유하기는 쉽지 않았다. 꼭 필요한 경우에만 곡식을 돈으로 교환했기 때문이다.

농가에서 술은 음식과 같은 개념이었다. 논두렁에 앉아 한 사발

마시며 이웃과 정을 내는 쉼터 같은 곡차였다. 밀주법이 생기면서 집안마다 전해 내려오는 가주家酒가 사라지고 농사일에 허기를 메워주는 참인 막걸리까지 단속했다. 벌금은 누룩, 술독, 막걸리 순으로 차등을 두었는데 그중 누룩이 술 원료로 가장 벌금이 많았고, 발효 중인 술 단지는 막걸리를 만들어 낼 수 있는 원액이라 벌금이 제법 많았다.

한번은 급하게 술독을 옮기다 단속반과 마주친 어머니가 마당에 술독을 쏟아부은 일이 있었다. "당신들이 찾는 술 여기 있네. 골 빠지는 농사 지어 봤나. 술 힘으로 일하지 밥심으로 일하는 줄 알아요?" 하며 그들 양복을 젖게 했다. 그것은 술의 양을 가늠할 수 없게도 하지만 이왕 들킨 것, 세무서를 향한 반항이었다.

밀주 단속이 끝나면 이장은 단속반을 자신의 집으로 초대했다. 귀한 음식을 내어놓으며 농촌의 불가피한 여건과 형편 등을 고려해서 적발된 이웃의 벌금액을 조금이라도 낮추려고 양해를 구했다. 밀주의 벌금이 많고 적음은 이장의 능력이었다. 깐깐한 단속반을 만나면 이장도 능력의 한계를 느꼈다. 동네를 책임진 이장은 벌금이 부과된 이웃에게 송구스러워했다. 최선책은 술이 있어도 들키지 않는 것이었다.

은행나무 집 용구 할아버지는 식사 때마다 반주飯酒를 꼭 하는 분이었다. 술기운으로 혈색이 늘 불그레했다. 세무서 직원들은 그 집에서 밀주를 찾아낸 적이 없었다. 술이 있지만 증거를 찾지 못해 하룻밤을 지내며 밀주를 찾기로 했다. 할아버지는 흔쾌히 허락하고 숙식을 같이했다. 밥상에 오른 미나리 물김치 한 종지를 먼저 마신 할아버지는,

"아가, 미나리 물김치가 참 시원하구나, 한 그릇 더 다오. 손님도 한 그릇 더 드리고."

하며 왕성한 식욕도 보였다. 할아버지와 겸상하고 한방에서 잠을 자며 지켜도 밀주 흔적을 찾을 수가 없었다. 심증은 가지만 물증이 없으니 더는 방법이 없었다. 완벽한 연출에 한계를 느꼈다. 단속반은 생각을 바꾸고,

"앞으로 이 집은 밀주 단속을 안 하겠습니다. 술은 언제 드셨는지요?"

"우리 며느리가 보통 솜씨가 아니라오."

은근히 며느리의 지혜를 뽐내기도 했다. 할아버지 물김치는 청주에 미나리를 띄운 것이고 손님상의 것은 물김치 그대로였다. 청주는 맑은 술이고 봄 미나리는 향이 강하다. 두 맛이 어우러지면 술이라고는 짐작하기 어렵다. 손님에게는 미나리 물김치지만 주인에게는 입맛 돋우는 반주였다. 밥상에 찬처럼 술을 올리는 며느리의 현

명함이다. 이 정도 재치라면 그 집 술 갈무리는 그들의 한계를 충분히 벗어날 수 있었다.

어머니는 일주일에 한 번 술을 빚었다. 고슬고슬한 고두밥을 누룩과 비벼 따뜻한 방에 이불을 덮어두면 사흘 동안 발효되면서 부글부글 끓었다. 그 방에서 자고 난 아침은 술에 취해 비틀거렸다. 그 다음 시원한 광에 내어 사나흘 식히면 술이 완성된다. 이때 노르스름한 윗물을 청주라 한다. 이것은 제례나 혼례에 쓰이기도 하고 귀한 손님이 오면 내놓기도 한다. 나머지는 물과 적당한 비율로 체에 걸러 막걸리를 만들었다. 술지게미를 간식으로 먹은 아이들은 취해서 해롱거리기도 했다. 버릴 것 하나 없는 우리네 먹거리였다.

내게 밀주의 기억이 아직도 생생히 살아있다. 종소리를 부지런히 울리던 400살 된 은행나무도 긴 역사를 세세히 품고 있을 것이다. 은행나무를 세차게 흔들던 무쇠종도 내렸다. 술을 담그는 집도 밀주를 단속하는 사람도 사라졌다. 땡땡땡, 고향 집 종소리가 가슴에 머문다.

찻잔

　　　　　　　　　찻잔에 붉은 양귀비와 푸른 수국이
만개했다. 나비와 벌의 가느다란 더듬이까지 사실적으로 그려져 있
다. 꽃무늬 하나하나가 눈에 감길 듯 들어왔다. 망설임 없이 물건을
구매하기는 처음이다. 마음에 드는 물건을 보면 이성을 찾지만, 이
번에는 가슴과 머리가 함께 동했다.

　화려하고 복잡한 무늬들은 내 취향이 아니었다. 그림 없는 하얀
그릇과 무채색 옷이 좋았다. 모든 것이 간결하고 깔끔해야 마음에
들었다. 색깔이 많으면 촌스럽다고 여겼다. 그때 사둔 찻잔들은 하
얀색이거나 여백이 많은 그림이다.

　찻잔에 커피와 보이차가 번갈아 담긴다. 화려한 그림에 찻잔의

따뜻한 온기가 맛을 더한다. 그 찻잔에 커피를 마시면 우아해지는 기분이다. 찻잔은 분위기다. 찻집에서 차를 마셔도 찻잔 모양에 따라 맛이 달라진다. 또 마주 앉은 상대가 누구냐에 따라 차 맛이 달라진다. 거북한 사이는 차 맛이 지루하다. 그러나 마음이 통하는 상대는 차를 리필하며 즐긴다. 세월을 먹으면서 이성보다 감성이 앞서간다.

핸드백에 내 찻잔을 담아 다녔다. 분위기가 근사한 곳에서는 내 잔을 꺼내 부어 마신다. 그럴 때는 오로지 혼자가 제격이다. 말 상대를 하지 않아도 된다. 찻잔에 입술을 적시고 사색에 젖는다. 파도가 넘실대는 바다가 보이는 찻집이면 더욱 좋다.

지나친 사랑이 오래가지 못하듯 기어이 찻잔을 떨어뜨리고 말았다. 벌과 나비, 꽃잎이 사방에 흩어졌다. 바닥에 흩어진 파편들을 내려다보았다. 저것이 본래 모양이었나 싶다. 물, 바람, 흙이 모여 만들어진 찻잔에 벌과 나비가 앉아 내게 오래 사랑받았다.

아끼던 찻잔을 깨고 허전함에 결혼할 때 사 온 커피잔을 꺼냈다. 꽃밭에 물을 주는 그림이다. 잉글랜드 산이라고 또렷이 새겨졌다. 예쁜 그릇을 좋아하던 어머니는 내 혼수에 당신의 갈증을 풀었다. 어머니는 흡족한 듯 커피잔을 내게 보여주며,

"이 그림이 참 곱제. 너도 꽃처럼 예쁘게 피어나거라."

고개는 끄덕였지만, 마음에 들지 않았다. 꽃처럼 피어나라던 어머니 말씀 때문에 찬장 깊숙이 넣어두었다. 40년은 족히 되었다.

어머니 나이가 되어 40년 전 그림을 찬찬히 읽으니 이제 화려한 그림에 눈이 가는 이유를 알겠다. 감성도 나잇살이 들었다. 한 획을 긋는 세련미보다 화려하고 볼거리가 많은 그림에 끌린다. 꽃밭에 핀 꽃 하나하나, 물 조리를 든 아가씨 원피스 무늬까지 섬세하게 보인다.

어머니는 해마다 설이 되면 손수 지으신 복주머니를 선물하셨다. 주머니에도 목단 꽃 그림이 그려져 있다. 친정집 뜨락에도 사철 꽃들이 피어난다. 나이가 들어가는 탓인지 한창 피어나는 꽃이 끌린다. 나도 어머니처럼 고운 게 좋아지기 시작한다.

오랜 시간 나를 기다렸을 찻잔에 커피믹스를 내린다. 어머니는 커피믹스를 숭늉처럼 구수하고 뒷맛이 깔끔하다며 무척 좋아하셨다. 내 입맛도 달라졌다. 원두커피를 고집하던 내가 요즘은 커피믹스를 자주 마신다. 풍부한 볼거리와 부드러운 목 넘김을 즐긴다. 잃어버린 찻잔 대신 묵은 찻잔에 푹 빠진다.

3
소리를 갈아타다

소리를 갈아타다

　　지이잉, 판이 돌아가는 소리부터 잔잔한 전율이 일어난다. 레코드 바늘을 내리는 손끝이 떨린다. 손을 떼자 바늘이 둥근 골을 따라 흐르는 소리를 한 줄 한 줄 짚어낸다.

　캐논 변주곡은 차분하면서 힘이 있다. 잔잔한 물결을 타다 해변 몽돌 구르는 리듬을 탄다. 건반 하나하나에 짚어내는 화음을 따라 내 몸이 흔들린다. 오랜만에 전축을 틀고 클래식 선율 위에서 노를 젓는다.

　젊은 날, 음악 감상실의 볼륨 있는 음향을 들으면 가슴이 부풀었다. 오디오는 갖추지 못했지만 좋은 음악을 들으면 엘피판을 먼저 샀다. 마음에 드는 엘피판은 발품을 팔거나 멀리까지 가서도 구했다. 음반이 책보다 많이 쌓여도 눈으로 만족할 수밖에 없었다. 음질

좋은 오디오 한 벌을 꼭 갖고 싶었다.

산등성이 마을로 이사를 온 날, 떡을 들고 앞집 현관에 들어서자 모차르트의 세레나데가 흘렀다. 감미로운 선율에 끌려 나도 모르게 오디오 앞으로 다가갔다. 벽면을 묵직하게 장식하는 스피커와 유리 진공관, 수동형 턴테이블. 내가 오랫동안 그리던 오디오였다. 앰프와 진공관은 집주인이 직접 만들었다고 했다.

갈증이 단비를 만났다. 멋진 오디오를 제작해달라고 간곡히 부탁했다. 한 번 반해버린 마음을 거둘 수 없었다. 어떤 보상을 하더라도 내 안에 들이고 싶었다. 시간이 걸린다고 했다. 기다리는 동안 설렘은 뭉게구름처럼 피어올랐다. 한 달 후, 완벽하게 갖추어진 오디오를 받으면서 기쁨이 넘쳤다.

음악으로 하루를 열었다. 소리를 내지 못하고 책장에 꽂혀있던 엘피판 수백 장이 턴테이블에 오르내렸다. 음악 감상을 하면 오케스트라 공연이 펼쳐지는 관중석에 앉은 기분이었다. 단조로운 일상에 클래식 음악이 들어오면서 내 삶은 행복의 소리로 변주되었다. 그렇게 십여 년 아날로그 소리를 즐기며 지냈다.

바다가 보이는 새집으로 이사를 했다. 탁 트인 전망에 어울리는 대형 티브이와 시디플레이어를 사들였다. 디지털 영화를 보면서 음향도 함께 즐겼다. 시디플레이어 장비는 작으면서도 디자인이 세련

되었다. 티끌 없는 소리에 음질도 깨끗했다.

디지털은 또 다른 세상이었다. 연주가에게 사인받은 시디를 들으며 현장감을 즐기기도 했다. '이무지치'가 연주한 '한국의 사계'나 호수 물빛을 닮은 '무라지 카오리'의 '카바티나'는 디지털 선율에서 매력이 살아났다. 내 감성은 디지털로 점점 갈아타고 있었다.

오래된 오디오는 자리만 차지하는 애물단지가 되었다. 새로 들인 장식장과도 어울리지 않았다. 디지털에 정을 붙이자 예전에 사용하던 손저울, 기둥 시계, 가스 불에 끓이는 압력밥솥까지 멀어졌다. 아날로그 감성도 구형 오디오와 함께 어둑한 뒷방으로 밀려났다.

소리를 휴대하기 시작했다. 스마트 폰에 이어폰을 연결해서 길을 걸을 때도 음악을 들었다. 언제 어디서도 같이 할 수 있는 품 안의 친구가 되었다. 감정의 고저를 풍부하게 압도하는 팝페라, 뮤페라 음악은 디지털로 들어야 더 감미로웠다.

그러나 가공되고 정제된 소리가 조금씩 식상해졌다. 귀를 즐겁게 해도 그 울림이 가슴 구석구석까지 스며들지 않았다. 엘피로 들으면 에너지가 샘솟는 곡도 디지털로는 감성의 진폭을 느낄 수 없었다. 디지털 소리를 오래 듣자 감성이 삭막해지는 기분이 들었다.

도시는 숱한 소음을 일으킨다. 자동차 질주 소리, 다급한 사이렌 소리, 그리고 사람과 사람 사이의 불협화음 등의 잡다한 공해에 시달렸다. 유달리 소리에 민감한 나는 틈만 나면 자연의 소리를 즐기려 여행을 다녀오곤 했다.

소리가 들리면 걸음을 멈추었다. 양철지붕 위로 떨어지는 빗소리, 상수리나무 숲을 흔드는 바람 소리, 징검다리를 가르는 물소리에 가만히 귀를 열었다. 토닥토닥, 자연이 변주하는 소리가 나를 평온하게 했다. 눈으로 즐기는 진공관 오디오의 여유와 엘피판이 돌아가는 잡음이 불현듯 그리웠다.

뒷방에서 잠자던 오디오를 다시 안고 나왔다. 허리 높이의 스피커부터 자리를 잡고 옆자리에 턴테이블, 진공관, 앰프를 앉혔다. 똘똘 말려있던 전선의 긴 허리를 죽 펼쳐 코드를 제자리에 꽂았다. 내 손길이 닿은 자리마다 소리가 이어졌다. 낡은 원목 테두리는 호두기름으로 문지르니 무광의 은은함이 살아났다. 판이 돌아가는 모습, 살짝 휘어진 금속 레버, 끝이 보일 듯 말 듯 한 바늘, 앰프의 작은 빛, 진공관 속에서 춤추는 물결, 커다란 스피커를 바라보자 처음 감성이 되살아나는 것 같았다.

엘피 한 장을 턴테이블에 올린다. 나는 바다에서 강으로 돌아온 연어가 된다. 지느러미를 파닥거리며 모천을 거슬러 올라간다. 나뭇잎 떨리는 소리, 물 위를 미끄러지는 바람 소리, 여울에서 돌 구르는 소리가 들린다. 그리웠던 소리가 다시 내 삶의 음역을 변주한다.

현이 오빠

집안 오빠를 뵈러 부산에 갔다. 당당
하고 똑똑했던 분이 치매라고 했다. 기억력이 그리 떨어지진 않았
지만 넋이 나간 사람처럼 보인다. 점심을 먹으며 옛이야기를 나눈
다. 화려했던 옛날을 회상하는 얼굴에 생기가 난다.

"이제 살아갈 용기가 생긴다. 내게도 올 사람이 있구나."

오빠는 주먹 쥔 팔을 아래위로 흔들며 눈빛이 살아난다. 내가 찾
아간 것이 활력이 된 것 같다. 옛이야기를 재미있게 만들어내는 내
입담도 한몫했다.

"오빠 파이팅."

소리치고 한참 마주 웃었다. 아무렇지도 않게 지나가는 일상들,

누구를 만나고 떠들고 웃고 하는 것들이 얼마나 소중한지 깨닫는다. 올케언니가 돌아가시고 나서 무척 외롭단다. 남편은 아내를 먼저 보내는 것이 세상을 잃어버리는 만큼 힘들고 외롭다고 한다. 집안 집기 하나하나 안주인 손길에 배어 있던 것들이 증발하듯 사라졌을 테다. 그 허탈감에서 오는 지독한 적적함이 병이 되었을 것이다. 모든 게 물러앉아 버리면 기억까지도 멀어지나 보다.

나도 가끔 건망증이 생긴다. 보건소에 간 김에 치매 검사를 받아 보았다. 초등학교 수준의 질문에 답을 적고 구십 점이 나왔다. 담당자는 웃는 내게 "기초 질문에 답을 못 하면 2차 검사를 받습니다. 60세 이상은 해마다 오셔서 점검하면 좋습니다."라고 말했다. 갑자기 뜨끔한 기분이 들었다.

삶에서 망각은 필요하지만 깊은 망각은 인간관계를 멀어지게 한다. 모든 일을 기억한다면 과거에 저질렀던 잘못이나 어려운 일 때문에 행복하게 살 수 없을지 모른다. 치매가 무서운 것은 아름다운 추억이나 사랑하고 소중히 여겼던 사람들, 자기 자신조차도 잊어버리게 만들기 때문이다.

오빠의 인간관계들이 하나둘 소멸해간다. 정년퇴직 후 여러 곳에 강의를 다니고 봉사활동을 하며 바쁜 시간을 보내던 오빠였다. 그 넓은 인맥들이 하나둘 지워지고 있다. 오빠는 살아온 인연들을 놓치지 않으려고 애를 쓴다. 전화번호를 빼곡히 적은 작은 수첩을 보여준다. 하루 한 번씩 그 많은 이름을 불러본단다.

갈비탕을 드시면서 정이 넘친다. 차린 것이 없어도 맛나게 먹으라고 권한다.

"참, 여기 식당이지, 집인 줄 알았네."

오빠는 잠시 날아간 기억을 불러온다. 머잖아 나도 오빠의 기억에서 지워질 것이다. 내가 밝게 웃으니까 오빠도 해맑게 웃는다.

혼자 사는 오빠 아파트에 들렀다. 예전처럼 집안이 깔끔하다. 학구파답게 탁자 위에 책과 필기도구가 가지런히 정리되어 있다. 직장 생활을 하면서 받은 상장들이 오빠의 옛날을 말해준다. 노란 프리지어 조화가 다소곳이 피었다. 억지 생기를 피우는 꽃마저도 기억을 잃지 않으려는 오빠를 닮아 보인다. 물안개처럼 희미해지는 기억을 잡으려는 걸까. 약봉지마다 복용법을 꼼꼼히 적어두었다.

들쑥날쑥한 시간을 보내고 일어서는데 아쉬움이 든다. 오후 햇살이 들어와 더 적적해 보인다. 마루 집기들이 더 있으라고 붙잡는다. 오빠가 세종대왕을 한 움큼 쥐어주며 휴게소에 들러 시원한 것을 사 먹으란다. 사양하니 아이처럼 울상이 된다. 고맙다고 받고 오빠 뒷주머로 신사임당 몇 장 몰래 넣어둔다. 오빠는 지갑을 통째로 비우고 기분 좋은 날이란다.

내 뒷모습에 한참이나 손을 흔들며 웃는다. 어쩌면 어린아이로 돌아가는 것이 행복할까 싶다. 잡다한 고민거리, 건강에 대한 염려, 상한 감정들이 사라져 버리고 오직 현재에만 사는 오빠다. 끊임없는 생각의 노예에서 벗어나고 있다. 나이가 들면 덜 보이고 덜 들리고 덜 느끼는 것도 생의 집착에서 벗어나는 자연의 섭리가 아닐까 싶다.

인간은 태어나면서 생의 빈 도화지에 그리는 만큼의 삶을 살아간다. 가족, 친구, 직장, 그리고 왕성한 열정과 원대한 포부도 그린다. 오빠도 빈 그림으로 돌아가려고 기억을 하나씩 지워나가는 중일까. 오늘은 이렇게라도 위안을 받고 싶다.

정월대보름

　　　　　　　　　　모래밭에 세운 달집에 불이 붙고 사물놀이패가 색동 자락을 감고 바다를 울린다. 대나무로 엮은 어설픈 달집이 어릴 적 보던 청솔가지 달집으로 보인다. 바닷가에 이사를 와서 만난 풍경이 고향마을 기억을 떠올리게 한다.

　'쏴아' 드므에 물 쏟아 붓는 소리에 잠이 깼다. 어머니는 정월 대보름 첫 새벽에 이웃보다 먼저 샘물을 길어왔다. 농사 대풍을 기원하려면 아무도 모르게 보름 물을 길어야 효험이 있다고 믿었다. 두레박 끈이 젖지 않게 물을 조심스레 퍼 올렸다. 다음 그다음 아낙도 자기가 제일 먼저인 줄 알고 보름 샘물을 퍼갔다.

　어머니는 뽀얀 옥양목 앞치마를 입고 보름날 아침을 시작했다.

우리 자매에게 연필, 가위, 실패를 내놓고 공부 재주, 바느질 솜씨를 빌라며 일렀다. '연필아, 너 재주 날 다오. 가위야, 너 재주 날 다오.' 어머니가 시킨 주문을 외우며 깔깔거리다 호통을 맞기도 했다. 신성한 보름날 흐트러진 마음은 금물이었다. 어머니는 팥찰밥을 해서 성주신, 조왕신, 통신에게 올렸다. 집을 관장하는 모든 신에게 한 해 무사태평을 기원했다.

'조왕님요, 성주님요, 올 농사 대풍하고 곡식을 섬섬이 채워주소.' 어머니는 벽을 보고 두 손을 비비며 반배를 올리고 또 올렸다. 나는 벽을 쳐다보아도 아무것도 보이지 않았다.

"엄마, 조왕이하고 성주가 어디 있노?"

매번 물어보다 조용히 하라고 눈짓으로 호통을 당했다. 철이 들면서 그것이 세시풍속임을 자연히 알게 되었다.

보름 밥상은 오곡밥과 아홉 가지 나물을 장만하는 것이다. 맑은 명태 국물로 목을 축이고 청어찜을 꼭 먹었다. 청어는 칼집을 내지 않고 온마리 그대로 조리했다. 천수답은 빗물로 농사를 짓기 때문에 논두렁이 무너지면 물이 말라서 농사를 망쳤다. 청어찜은 가촌들 천수답 둑이 터지지 않게 해달라는 염원을 담은 음식이었다.

어머니는 아주까리 잎에 밥을 싸서 세 번을 먹였다. "어여 먹고 꿩알 주워 오너라." 어머니가 입안에 넣어주는 아주까리 쌈은 꿩알 같았다. "엄마, 오늘 구부렁골에 갈까, 배암골에 갈까, 꿩알이 어디가 많노?" 눈망울을 굴리면 "나중에, 나중에."만 하고 꿩알만 한 내 입에 쌈을 먹이기 바빴다. 꿩알이 행운을 부른다는 의미를 몰랐던 나는 산기슭에 '푸다닥' 소리만 나면 꿩알을 살피곤 했다. 귀밝이술은 남의 소리도 귀담아들으라는 바람이었다. 한 모금 꼴딱 마셔본 달콤하고 짜릿한 청주 맛은 기가 막혔다.

보름날은 여자 아이들이 화장을 하는 날이었다. 영양 섭취가 모자란 아이들 얼굴에 마른버짐이 흰 꽃처럼 피었다. 화장을 하면 마른버짐이 낫는다고 했지만 유분을 발라 피부를 촉촉이 만들었던 것 뿐이었다. 이날은 어머니 경대에서 마음껏 분을 바르고 루주를 색색이 발랐다. 면경에 비친 뽀얀 얼굴이 서울 아이처럼 예뻐 보였던 기억이다. 빨간 입술로 부럼을 깨면 더 맛이 났다. 보름날 밤, 대추, 호두로 부럼을 깨면 여름에 부스럼이 없다고 했다. 알고 보면 오메가3 영양소들이다. 약이 귀한 때라 피부 종기를 낫게 하기 힘들었다.

정월대보름은 동네 축제의 날이었다. 낮이 되면 농악놀이로 시작해서 동네 지신밟기를 한다. 새집을 지었거나 큰일을 치른 집을 우선으로 한다. 그 집은 술과 쌀을 내어 사물놀이패를 받아들인다. 목청 좋은 앞소리가,

134

"이 집안에 어른, 아이 무탈하게 하옵시고, 가축들도 힘 잘 쓰고, 농사대풍 하오시소." 목청을 돋우면,

"어리 어리 지신아 지신을 밟아 눌루소."

동네 청년들이 후렴을 넣었다. 조왕신, 장독신, 우물신, 마굿간신, 지신을 밟아 집을 울렸다. 온 동네 골목은 풍악이 되어 들썩거렸다.

머슴애들은 그 뒤를 졸래졸래 따르며 어깨춤을 추고 종일 굶은 개들은 허기진 배를 채우려 죽어라 따라다녔다. 개는 일을 하지 않고 밥을 먹는다고 하여 보름날에 굶겼다. 우리 집 검둥이의 애절한 눈빛에 밥 한 덩이를 몰래 주면 게 눈 감추듯 꿀꺽 삼켰다. 보름날 소는 특별대우다. 농사를 짓는 으뜸 원동력이라 상전 대접을 한다. 쇠죽에 보리와 밀까지 푸짐하게 끓여 뜨끈뜨끈하게 하루 세 끼 다 챙겨주었다. 보름은 개와 소의 처지가 극과 극이었다.

청년들은 달집태우기 준비로 산에서 소나무 가지치기를 하고 달집 불쏘시개 할 짚단을 집마다 거두었다. 달집 기둥을 세울 큰 나무도 베어왔다. 달집은 기둥부터 세모로 세우고 짚으로 속을 꽉꽉 채워 솔가지로 옷을 입혔다. 논바닥에 세워진 달집은 산 하나가 내려온 만큼 높았다. 내가 살던 한밭 동네는 근동에서 가장 큰 달집을 짓는 게 마을 전통이라고 어머니가 자주 이야기했다.

해가 서산을 넘기 전에 내 나이만큼 떡국을 먹었다. 떡국에 든 동

그란 떡 모양은 보름달을 상징한다고 믿었다. 동네에서 달을 먼저 본 사람은 한 해 운이 좋다 하여 더 높은 산에 올랐다. 당찬 언니는 나를 데리고 큰 골에 올랐다. 산에서 내려다본 동네는 성냥갑처럼 납작했고 달집은 술잔만 했다. 그때만큼은 산 위에서 거인이 된 듯 우쭐한 기분이었다.

사람들은 달집에 둘러서서 여담을 하며 달 뜨기를 기다렸다. 동네 청년이 높은 산에 먼저 올라 달 오름을 보고,

'달이여' 큰 소리로 월출을 알리면 달집에 둘러선 사람들은 '달불이여' 그 소리를 맞받아 외친다. 지난해 궂은 일이 없는 맑은 기운을 가진 어른이 첫 불을 붙였다. 달집 불은 속부터 타들어 가 솟구치며 밤하늘을 대낮처럼 밝혔다. 달집이 큰 데다가 생솔가지라 오래 탔다. 기둥을 세운 나무에 불길이 이글거리는 풍경에 내 몸이 빨려들 것 같았다. 이때 농악 한마당이 벌어진다. 장구, 꽹과리, 북, 징이 보름밤 신나는 오케스트라다. 이 신명에 점잖은 어른들도 어깨춤을 추고 아낙들도 신명 놀음을 즐긴다. 동네 사람들이 한마음이 되어 어우러지는 축제이다.

맹렬히 타던 달집 불길이 수그러들면 새신랑들은 소나무 기둥을 서로 뽑아가려고 달집 속으로 달려들었다. 달집 기둥을 안방 아궁이에 넣으면 영락없이 득남을 한다는 말을 믿었다. 정초에 거대한

136

불길은 그들의 창창한 장래였다. 한번은 갓 결혼한 병태 아재가 불타고 있는 기둥을 성급하게 뽑는 바람에 달집이 기울었던 민망한 일도 있었다.

달집이 타고 난 숯불은 작은 언덕만큼 높아 밤새 동네가 훤했다. 아이들은 빈 깡통에 숯불을 넣어 밤하늘에 그림을 그리고 아낙들은 숯불을 담아 와서 안방 아궁이에 고이 넣어두었다. 거대한 보름 불씨를 다음날까지 지키는 것은 집안의 원기를 만드는 것이라 믿었다. 불씨는 삶의 연결고리였다.

불탄 대나무 숯이 바닷바람에 가볍게 날아간다. 정월 대보름달이 내가 사는 바다 마을까지 찾아와서 오랜만에 고향에 머물렀다.

갈증

　　　　　　　　　　꽃집은 굳게 닫혀있다. 선인장이 창가로 마른 목을 비틀며 물을 찾는데 유리창은 한 치의 바람도 허락하지 않는다. 창가 다육식물들이 하나둘 앙상히 말라간다. 끝까지 버티던 떡갈나무도 잎을 누렇게 떨어뜨린다. 간판에는 흔한 전화번호도 없다.

　몇 년 전 동네에 꽃집이 들어왔다. 주인은 꽃처럼 화사했다. 동네 한복판을 환하게 밝힌 꽃집은 사철 향기로웠다. 야생초, 선인장, 관엽까지 동네의 오아시스였다. 주인의 상냥함을 곁들인 꽃집은 문턱이 닳았다. 나와도 안면을 터서 지나는 걸음에 자주 들렀다. 주인은 꽃나무의 생장 방법을 상세히 알려주었다. 덕분에 우리 집 화단도 아름다운 꽃을 피웠다. 꽃집은 누구라도 걸음을 멈추게 하는 오래

된 동네의 활력소였다.

하루도 쉬지 않고 바쁘던 꽃집이 어느 날부터 닫혔다. 하루 이틀 지나고 일주일 열흘이 지나도 열리지 않았다. 아침이슬에 반짝이던 꽃들도 시들해졌다. 꽃나무들은 제 몸에 물기로 근근이 지탱하며 견디었다. 주인을 애타게 기다리며 햇살이 드는 창문으로 몸을 기울여갔다. 꽃집 안을 들여다보면 소리 없는 아우성이 들렸다. 문을 부수고 시원한 물을 뿌려주고 싶은 마음이 꿈틀거렸다.

나날이 피어나던 꽃들이 시기를 놓치고, 가게 앞에 내놓은 꽃들도 마구잡이로 자랐다. 들꽃의 모습이기도 했다. 곁가지를 내고 낙엽이 지고 시들어 죽는 화분도 쌓였다. 밖에서 말라 죽는 데이지, 페튜니아, 장미 몇 송이는 물을 주어 살렸다. 주인이 돌아오면 다시 꽃집을 밝히고 싶었다.

오월에 꽃집 문이 열렸다. 붉은 카네이션이 꽃집 안팎을 장식했다. 햌쑥해진 주인을 만났다. 따지듯 물었다. "꽃나무들 목이 얼마나 말랐는지 알기는 했냐."고. "꽃들에게 한없이 미안해요." 하면서 카네이션만 다듬었다. 오랜만에 물을 먹은 꽃들이 잎사귀를 털며 춤을 추었다. 오월이 지나고 문이 다시 닫혔다.

그녀는 매년 오월이면 나타나 꽃나무에 물을 주고 카네이션을 팔았다. 웃음이 가신 얼굴로 먼 산을 바라보고 있을 때가 많았다. 동네가 수군거리기 시작했다. 뜬소문이 입에서 입으로 떠돌았지만 우리 동네와는 연고가 없는 사람이라 무슨 일이 있는지 아무도 몰랐다.

그 후로는 일 년에 두 번 문을 열었다. 오월과 크리스마스 즈음이었다. 꽃집에는 크리스마스트리와 포인세티아가 12월을 장식했다. 꽃이 붉을수록 여자의 얼굴은 더욱 핼쑥해졌다. 꽃나무를 가꾸어 바깥에 내놓은 모양도 야무져 보이지 않았다. 남의 옷을 입은 양 어설펐다. 사람들의 발길이 뜸해지고 꽃을 사 가는 사람은 많지 않았다.

여자에게 갈증이 보였다. 어떤 사연이 그녀를 고뇌하게 하는지 그녀와 이야기를 나누어도 희미한 웃음만 남길 뿐 별다른 대답이 없었다. 채우지 못한 갈증은 또 다른 사막을 만든다. 여자는 점점 초췌해졌다. 마른 꽃나무들이 쌓이고 몸이 눈에 띄게 야위었다.

인간에게는 물 이외에도 갈증이 있다. 사랑, 우정, 성취 등이다. 가끔 오던 풍채 좋은 남편이 오래도록 보이지 않았다. 갈증에 시달리는 식물들을 팽개칠 만큼 여자는 더 큰 갈증에 시달리고 있었는지도 모른다. 멀어진 사랑에 대한 결핍이라면 외롭고 긴 기다림의 벼랑 끝에 서성였으리라.

갈증과 결핍은 인간을 살게 하는 힘이기도 하다. 목이 타도록 물마른 난이 꽃을 피우듯 그녀도 막다른 길목에서 또 다른 꽃을 피우는지 모른다. 지나친 충만은 나태를 만들지만 한 발도 내딛기 어려운 결핍은 한 줄기 빛을 찾게 된다.

　여자는 돌아오지 않았다. 꽃집에 낙엽 바스락거리는 소리가 들렸다. 마지막 한 방울까지 소진한 꽃집은 통째로 말라간다. 매일 지나는 길에 외면하려 해도 고개가 꽃집을 향한다.

　여자는 오아시스를 찾아 떠났을까.

한옥에 들다

 솟을대문이 객을 맞는다. 양편에 행
랑채를 거느린 푸근한 풍채가 주인을 닮은 모양이다. '이리 오너라'
부르면 금방이라도 마당쇠가 달려 나올 듯하다.

안으로 들어서니 내외담이 가로막는다. 안채 식구를 배려해서일
까. 용마루를 얹은 담장이 사랑채를 엇비끼고 안채를 살짝 여미었
다. 바깥양반은 오래도록 출타 중일까. 섬돌에 신발 한 짝 보이지 않
고 문방사우가 탁자 위에서 졸고 있다. 그 옆에서 하릴없는 바람이
책장을 넘긴다. 긴 방문에 팔각 불발기창이 넉살과 빗살이 풍기는
정취 아래 회화나무 그림자가 드러누워 주인 행세를 한다.

여행길에서 하루쯤은 한옥에 여장을 푼다. 숨 쉬는 공간마다 옛

정서가 묻어나기 때문이다. 인심 좋은 주인과 밥상을 마주할 수 있어 행운이다. 고택에 숨어있는 이야기가 밤을 새운다.

사람은 집을 다스리고 집은 사람을 품는다. 마당에 사람의 훈기가 있어야 활기가 넘치고 아궁이에 군불을 때야 구들도 온기를 품는다. 흙, 나무, 돌로 이루어진 한옥은 다듬고 가꿀수록 사람을 이롭게 한다. 마당과 장독대 그리고 뒤뜰은 주인의 심성을 닮아간다.

민흘림기둥이 육 칸 대청을 받친다. 제 생을 마친 나무가 기둥이 되어 다른 업을 쌓고 있다. 몇 풍상이 다녀갔을까. 결 따라 갈라지고 비바람에 살이 터도 여전히 수직의 힘을 든든히 유지한다. 탄탄한 기둥 위에서 한옥의 아름다운 선과 멋이 살아나듯 한 가문을 유지하는 힘은 종택의 의지에 달렸다.

한옥은 멀리서 보면 지붕이 중첩되어 보이지만 대문을 들어서면 각 채마다 떨어져 있다. 그길로 바람이 지나가고 사람도 드나들고 햇살이 머물다 간다. 한 칸 한 칸 느끼며 걸어가면 집안의 소소한 이야기가 보이고 들린다.

안채가 ㅁ자다. 처마가 사랑채와는 달리 다소곳하다. 사방으로 닫혀있어 대문을 열지 않으면 네모 하늘이 유일한 바깥이다. 안살림을 갖춘 아늑한 공간은 틈새 살창으로 뿌연 살빛이 잔잔하다. 시어머니가 거처하는 안방과 며느리 건넛방이 대청마루를 가운데 두고 조심스레 마주 본다. 가만히 귀를 기울이면 안채 곳곳에서 버선 발소리가 들릴 것 같다.

창호지 문과 문이 마주 열려 눈이 부시다. 촘촘한 살문에 붙은 닥종이가 햇살을 튕길 듯 탱탱하다. 문살에 비친 은은한 빛이 정이 든다. 고방 무늬로 옴팍 옴팍 정돈된 이음이 단아하다.

기하학적인 구성은 한옥의 안팎에서 발견할 수 있다. 방마다 드나들며 마주치던 문살과 식구들 밥상에 덮이던 조각보가 그렇다. 자투리 천으로 지어낸 밥상보와 소나무로 깎은 정교한 문살은 우리의 오랜 정서다.

방문 아랫단에 눈꼽재기창이 박혀있다. 손님이 오거나 밖에서 부르는 소리가 들리면 큰문을 열지 않고 넌지시 망을 보는 일은 또 다른 멋이다. 창호지에 유리를 붙인 뙤창과는 다른 느낌으로 실리와 해학이 돋보인다.

대청 앞에 서면 뒷바라지 문으로 후원이 들어온다. 남정네 발길이 닿지 않는 자리다. 안방 주인이 답답한 마음을 풀기 위해 손수 가꾸던 공간이다. 금낭화 줄기가 휘어지도록 분홍 꽃주머니를 달았다. 꽃송이마다 아녀자들의 설움과 그리움, 설렘까지 묻어있다.

빗장이 걸린 부엌문이 여인네 앞섶처럼 단정하다. 일부러 그랬을까, 하도 드나들어 닳고 닳았을까, 문지방이 초승달처럼 아래로 휘어졌다. 황토 부뚜막에 서말지 솥과 동솥이 모녀처럼 정답다. 대나무 살강에 놋그릇 두어 벌이 마주 보며 금빛을 다툰다. 부뚜막 위에는 칼과 도마가 나란히 누워있다. 군불을 때어 밥을 짓고 남은 불로 숭늉을 끓이던 일상은 언제 생각해도 따뜻하다.

장독대는 곰삭은 세월을 눌러 재운다. 배부른 장독부터 주먹만 한 옹가지까지 올망졸망한 식구로 안겼다. 새끼줄에 고추와 숯덩이를 달아 둘러친 장독은 햇살에 장물을 달이느라 뜨겁다. 해묵은 양념들이 알몸을 드러내고 속속들이 빛을 삼킨다. 펑퍼짐한 떡시루는 김 서리던 구멍마다 민들레 꽃송이를 밀어 올린다.

안마당이 푸짐하게 넓다. 지난날은 삼실을 마당 끝까지 펼치던 길쌈 자리였으며 가을이면 곡식을 말리는 건조장이기도 했을 것이다. 딸 혼인날은 초례청을 꾸미며 웃음이 넘치는가 하면 초상이 들면 꽃상여 곡소리가 나던 슬픈 자리이기도 했으리라. 늘 분주하던 마당이 오늘은 새털구름 하늘만 안고 고요하다.

헛간채 안에 디딜 방앗간 소리도 멎었다. 나무가 거꾸로 누워 뿌리 쪽이 절굿공이를 받치고 있다. 천장에서 늘어진 끈을 한 손에 쥐고 올랐다가 내려디디니 절굿공이 번쩍 들어 돌확에 박힌다. 아직 건장한 방아는 허리를 유연하게 부린다. 오래된 몽당비는 먼지를 잔뜩 묻히고 구석에서 당당히 제자리를 지킨다. 방앗간은 도토리

껍질을 벗기고 엿기름을 빻을 여력이 남았나 보다.

문 앞에 배롱꽃이 흐드러진 방으로 들었다. 가구가 없는 방 안에는 횟대보가 모란꽃을 붉게 피웠다. 갓 푸새한 옥양목 이부자리에 꽃 냄새가 먼저 들어와 누웠다. 불을 끄자 네모난 봉창이 환하다. 봉창으로 교교한 달빛이 들고 어디선가 부엉이 소리가 들릴 것만 같다.

방문을 연다. 마당에 별빛이 쏟아지고 댓돌에 비치는 하얀 달빛이 고요하다. 사뿐한 추녀가 고옥의 밤을 들어 올린다. 문풍지에 발라 놓은 댓잎 한 줄기에 잎사귀 소리가 서걱거린다. 고향 집에 몸을 누인 듯 편안하다.

옛집에는 새벽을 깨우는 소리가 있었다. 창호지 문이 푸르스름해지면 홰치는 소리가 들리고 이어 마당 감나무에서 까치 소리가 들렸다. 내일 아침도 신선한 소리에 깨어나기를 바라며 잠이 든다.

사랑

고양이가 늘어져 눕는다. 저울에 올
리니 4.3킬로그램을 유지하던 체중이 오백 그램이나 빠졌다. 식사
량이 줄고 생기가 없다. 누워있는 모양이나 밥 먹는 태도 걸음걸이
까지 예전 같지 않아 걱정이 산더미다. 안아 일으키니 젖은 빨래처
럼 축 늘어진다. 삼복더위에 사람도 지치는데 털 덮인 몸이 얼마나
더울까. 그러려니 하고 위안을 하지만 몸짓 하나하나에 온 신경이
간다. 간식을 줄 때만 눈빛을 반짝이며 먹는다. 인터넷을 찾으니 같
은 증세의 병이 한두 가지가 아니다. 거의 중병 상태다. 몸을 만져보
니 탄력은 있다. 저 좋아하는 간식을 먹이며 한 달을 기다렸지만 정
상 체중을 올리지 못한다.

진돌이가 가족이 된 지 8년이 되었다. 그동안 중성화 수술의 고통과 치주염으로 어금니를 뽑는 아픔도 주었다. 사랑스러운 날이 많았지만 고통의 시간도 있었다. 반려동물을 키우느니 아프리카 아이들에게 성금을 보내겠다던 내가 고양이 집사 역에 충실하다. 한 집에서 같이 부대끼며 정이 들었고 가족의 일원으로 식구들 마음에 자리 잡았다.

길고양이는 2, 3년 짧은 생을 살지만, 집고양이는 15년에서 20년을 산다고 한다. 나의 만족일 뿐이다. 중성화 수술로 사랑이란 감정을 잃고 인공 사료를 먹으면서 야생성을 잃어가는 진돌이는 길어진 생이 고마울 게 없을 것이다. 좋은 환경을 만들어 준답시고 어린 고양이를 안고 와서 고통만 주었다. 앞발을 창문에 올리고 바깥을 내다볼 때 성안에 갇힌 공주처럼 짠할 때가 많다. 다시는 야생에서 자라는 아이들 삶을 함부로 잘난 척 재단하지 않으려 한다. 그 자리에 두고 도와주고 사랑해주어야지. 송충이가 솔잎을 먹듯 길고양이처럼 바깥의 삶이 더 행복할 것이다.

진돌이는 나의 몸짓과 말에 민감하다. 모르는 척 도도하게 굴지만 속으로 만반의 준비를 한다. 병원에 가려는 낌새를 차리고 손이 미치지 않는 침대 뒤로 꼭꼭 숨어버린다. 유연성과 재빠름으로 자기 안위를 챙긴다.

진돌이는 암컷인데 아주 까다롭다. 어금니를 뽑을 때 마취부터 난리를 친 기억 때문에 병원에 섣불리 가질 못한다. 지인의 소개로 유능한 의사에게 진료받기로 했다. 이동장에 넣는데 사투를 벌이듯 한 시간이 걸렸다. 팔에 할퀸 자국이 불긋불긋하다. 하도 당해서 이제 아무렇지도 않다. 병원 문에 들어서자 벌써 하악질이다. 병원은 진돌이에게 좋은 기억이 없는 곳이다.

수의사는 진돌이가 하악질을 해도 불편한 내색을 하지 않는다. 차분히 목에 칼라를 두르고 양발을 의료용 테이프로 싸맸다. 주사기로 다리에서 피를 뽑아도 가만히 있다. 의사를 믿는 것 같다. 천장을 향해 누워 네 다리를 올리고 10분 동안 초음파를 해도 꿈틀댈 뿐 조용하다. 폭풍을 예상하고 간 진료가 얼마나 수월하게 끝났는지 한숨을 돌린다.

진돌이에게 온 식구가 집사다. 밥, 놀이, 화장실 집사가 모두 다르다. 자기 관리를 철저히 하고 빈틈을 주지 않는다. 하루에도 수없이 털을 고르는 그루밍으로 깔끔하게 맵시를 내고 있다. 주먹만 한 고양이에게 기꺼이 서로 집사 노릇을 자청한다. 어설픈 나는 고양이의 성격을 닮고 싶을 때가 많다.

검사 결과를 보자는데 불안하다. 인터넷이 알려준 엄청난 병명들에 더 긴장된다. 의사 입에서 무슨 말이 나올지. 일단 피검사에는 이상이 없단다. 그리고 초음파도 극히 정상이란다. 목구멍까지 차 있던 걱정이 순식간에 아래로 내려갔다. 너무나 의외라서 눈을 감고 한참 진정을 했다. 진돌이의 마지막 순간까지 고민했었는데.

　무엇이 진돌이를 힘들게 했을까. 사랑이란다. 모두 집사 역할에는 충실하지만, 삼복더위에 사랑의 눈길이 부족했나 보다. 아무리 안고 비벼도 냉랭하게 받아들이는 고양이다. 그래도 감정의 기복을 예민하게 감지하는 녀석, 꿀밤을 먹여주고 싶도록 얄밉다. 집고양이는 동족끼리 주고받을 사랑을 주인에게 의지한다.

　집사들이 다투어가며 사랑 고백을 한다. 완쾌 기념으로 좋아하는 간식을 주고 스크래쳐를 새것으로 바꾸며 진돌이 물건들을 재정비한다. 오며 가며 눈인사를 수없이 나눈다. 그래도 저는 모른 척 가만히 바라보기만 한다. 고양이를 길러보지 않은 이들은 지금 이런 것들이 시답잖을 수 있다. 나도 그랬으니까.

　진돌이는 보고 듣는 게 사람뿐이라 사람의 언행에 엄청 민감하다. 나도 진돌이를 자꾸만 사람으로 해석하고 이해하려 한다. 하지만 녀석과 나의 소통에는 한계가 있다. 부족한 사랑이 병이 되었다니 속내를 알 수 없다. 저에게 가까이 다가갈 수 없게 늘 경계를 하면서 말이다. 그러나 진돌이를 사랑할 수밖에 없다.

탁류

남편의 하숙집 뒤로 칠성천이 흐르고 있었다. 말이 좋아 천川이지 도시의 온갖 오폐수가 모여 검은 빙판처럼 번쩍거렸다. 그 물에도 아름드리 오동나무가 환하게 천을 비추었다. 내 새로운 삶이 꽃피울 자리는 그리 살갑지 않은 풍경이었다.

신접살림만은 산뜻한 곳에서 시작하고 싶어 칠성천의 역한 냄새를 벗어나려 부지런히 발품을 팔았다. 하지만 마땅한 자리를 찾을 수가 없어 그나마 익숙한 그곳에 터를 잡았다. 그게 맘이 편했다.

칠성천변에는 여러 인연이 모여 살았다. 일수놀이 아줌마, 손수레 배달원 아저씨, 은행원 총각, 노란 제복의 철강회사원 등 하루의 노동을 거두고 돌아오는 소박한 사람들로 골목은 왁자지껄했다. 토박이와 외지인이 어우러진 이웃은 막걸리잔을 기울이며 형님 아우가 되었다. 시장의 억센 목소리가 일상의 언어처럼 편하게 들릴 때쯤 이웃들도 푸근하게 느껴졌다.

한마당 움푹 내려선 슬레이트 앞집에는 탄광촌에서 내려온 강원댁이 살았다. 일일 노동자들에게 월 식사를 제공해주는 그녀는 늘 찔레꽃 같은 미소로 아침을 열었다. 동갑내기 옆집 정아는 한 양푼에 나물 비빔밥을 같이 먹으며 나를 다독거렸다. 낯섦도 양지 같은 강원댁과 정아가 곁에 있어 견딜 만했다.

해변 도시는 철을 생산하면서 근로자들이 풀어내는 소비로 허기진 배를 채웠다. 삼겹살 구운 냄새가 골목을 휘젓고 시내는 불야성이었다. 인구가 늘어나고 도심이 나날이 팽창해지자 부를 향한 갈증이 수위를 넘었다.

헛간 방도 월세를 들이고 텃밭 부추도 돈이 되었다. 마음 넉넉하고 순박하던 이웃들이 연탄 한 장에 생존의 날을 세웠다. 살기 위해 내뱉는 하수는 풀숲도 물고기도 사람들 정서까지 메마르게 했다. 시장 공터 자리마다 전을 펼치는 풍경은 낮과 밤을 가리지 않았다.

강구 아줌마가 내갈기는 성정은 칠성천보다 탁했다. 한 평 남짓한 그녀의 난전에 철 따라 봄나물이 올라오고 생선이 펄떡이고 김장배추가 쌓였다. 돈이 된다면 닥치는 대로 전을 펼쳤다. 그녀의 억

척은 역정으로 바뀌기 일쑤였다. 심사가 틀리면 생선이 패대기쳐지고, 배추통이 날아갔다. 근방 서너 평은 감히 그 누구도 범접하기 어려울 정도였다. 홀몸으로 올망졸망 오 남매를 기르는 그녀의 삶은 척박했다.

혼탁한 물빛은 천변 사람들에게는 햇살이었다. 흐리고 탁한 부유물은 도시를 기름지게 하는 풍요였고, 그 열기는 더 나은 삶을 향한 희망의 에너지였다. 진흙 속에 핀 연꽃이 아름답듯 천변 사람들 정서는 깊고 진득했다. 투박하지만 척박한 땅에서 진정한 삶이 묻어 있었다. 겉모습에 치우치던 내 미욱함도 세월이 흐르면서 걸러지고 정화되었다.

아이 셋이 가지를 뻗치는 동안 내 인생의 강도 사방에서 내려온 물과 합류하면서 깊어지고 넓어졌다. 여울을 이루고 굽이치면서 혼탁한 것들을 가라앉히다 어느새 이순 고개를 돌고 있다. 내 삶은 그렇게 흐려지고 맑아지는 물빛에 익숙해져 갔다. 칠성천을 딛고 나은 삶을 위해 밝은 세상으로 한 사람씩 떠나고 나도 그곳에서 잠시 멀어졌다.

검은 물빛에 헹군 천변의 삶은 무겁던 일상이 차츰 가벼워지면서 한 호흡 쉬어가게 했다. 원래 심성으로 돌아오기까지는 긴 시간이 걸렸다. 뻘물도 시간이 지나야 맑아지듯 칠성천의 어두운 속성은 맑아지기 위한 과정이었다.

칠성천이 아스팔트로 봉해졌다. 그 위로 생긴 주차장에 어시장을 찾는 차들이 빼곡히 들어선다. 복개천을 지날 때면 숨죽인 검은 침묵이 벌컥 튀어 오를까 오금이 저린 적도 있다. 도로마다 오폐수 공사로 맑아지는 칠성천 물빛처럼 사람들의 심성도 밝아졌다.

동빈항이 바다로 막힌 물길을 열어 운하를 만들었다. 썩히고 기다린 시간만큼 칠성천도 덩달아 출렁거린다. 칠성천을 만나지 않았다면 탁류의 진정한 의미를 알았을까 싶다. 지나고 보니 그 속에 절실한 삶의 정화수가 있었다. 칠성천 징검다리 사이로 조개무치와 파라미를 건져 올릴 풍경을 기다리는 것은 큰 욕심일까.

동빈 운하에 뱃놀이 물살이 경쾌하다.

텃밭

봄을 일군다. 겨울잠 자던 땅강아지
와 지렁이들이 호미 끝에 기지개를 켜며 달아난다. 한나절 호미 두
자루로 다듬은 밭고랑이 근사하다. 참새들 몰래 씨앗을 묻는다.

텃밭은 싱싱한 냉장고다. 텃밭 한 바퀴 돌고 난 어머니 앞치마에
는 오이, 호박, 가지, 고추들이 풋풋했다. 금방 따온 푸성귀로 밥상
을 아우르던 어머니 손맛을 잊을 수가 없다. 입안에 아스라이 맴도
는 까끌까끌한 텃밭 냄새다.

텃밭에만 가면 신들린 듯 밭고랑에 앉는다. 고추나무를 북돋우고
가시오이 손을 받아 올린다. 호미 끝에 나뒹굴어지는 감자알이 탐
스럽고 울타리를 타고 오르는 호박 엉덩이가 앙증맞다. 호박꽃의

환한 웃음과 강냉이 수염이 자라는 소리가 들린다.

태풍이 오기 전에 고추나무에 지주를 세우고 물꼬를 낸다. 감자꽃이 곱다고 좋아했더니 새순을 쳐주어야 감자알이 굵어진다. 깻잎도 순을 쳐주어야 웃자라지 않는다. 밭이랑마다 신문을 깔아주니 가뭄을 타지 않는다. 흙을 만지면 온갖 잡념이 다 날아간다.

친환경 텃밭은 힘이 든다. 잡초를 뽑고 벌레를 잡고 호미질을 자주 한다. 벌레 구멍이 난 거친 이파리는 원초의 맛을 느끼게 한다. 내가 가꾼 잎마다 수고로움이 담겨 쓴맛도 달다.

비 온 후 텃밭은 싱그럽다. 아침 텃밭에 나가니 고라니가 아침을 즐기고 있다. 나풀나풀하던 상추 두 고랑이 뿌리만 남았다. 놀라서 허둥대는 녀석을 보니 괘씸하던 마음이 사라진다. 고라니가 내 노동을 알 리 만무하다. 맛난 풀로만 먹었을 테다.

동창회 SNS에 텃밭 사진을 올렸더니 친구들이 푸성귀 맛을 보고 싶단다. 대여섯이 동해안 여행을 핑계로 내려왔다. 감자를 삶고 호박잎, 오이, 고추, 가지, 상추를 밥상을 펼쳤다. 호박잎 소쿠리가 불이 났다. 그들은 텃밭 냄새에 밥 두어 그릇을 거뜬히 해치웠다. 보릿짚 불에 감자 구워 먹던 이야기가 따끈따끈해지면서 감자 한 소쿠리를 다 비웠다. 도시에 찌든 그들 마음을 면경처럼 씻어냈다. 봉지마다 담은 채소를 가슴에 안고 행복해하는 친구들이다. 돈으로 환

산할 수 없는 자연의 소박한 힘이다.

구월 초라 구슬땀이 흐른다. 완숙된 방울토마토를 새참으로 먹으며 가을무 씨, 배추 씨를 밭고랑에 넣는다. 봄부터 여름내 거둔 수확만큼 가을배추로 김장할 생각에 벌써 군침이 돈다. 땅은 수고한 만큼 보람을 주고 작은 행복을 안겨준다. 텃밭은 풍성한 밥상이다.

마음자리

　　　　　　　　　참꽃 만발한 신불산을 오른다. 계곡
물은 모래알까지 푸른빛이다. 고향 방언인 '칼클타'를 흥얼거린다.
맑은 물에 가슴 트이는 것은 지난해 힘든 날이 많아서다. 내가 재미
삼아 즐기던 일에 욕심을 내다 건강이 나빠졌다. 이루지 못한 상실
감은 온몸에 아픈 자리를 만들었다. 병원을 들락거리며 마음마저
황폐해졌다. 그 어느 것도 내 오감을 자극하지 못했다.

　기다린 만큼 모든 괴로움은 지나갔다. 움켜쥔 생각들이 놓이고
안달하던 마음이 느슨해졌다. 깨끗이 비워버린 후에 마음의 문이
열렸다. 혹독한 대가를 치르고 정신을 차렸다.

　남편이 계곡물에 담긴 막걸리 한 병을 덥석 사 들고 싱글거린다.

신불산 봄기운에 취하려나 보다. 애초부터 산 정상까지 오를 마음은 없었다. 등산을 좋아하던 때는 산꼭대기를 밟아야 제맛이 났다. 발로만 오르던 길을 눈으로 즐긴다. 노루귀, 다래 순, 다람쥐, 산 식구들에게 말 걸기를 한다. 지나치던 풍경이 눈에 들어오고 작은 꽃잎에도 마음이 끌린다. 주춤주춤 숨 고르기를 하며 마음을 내려놓는다.

내게도 봄꽃 필 때가 많았다. 물오른 열정은 높은 언덕도 단숨에 오를 만한 에너지였다. 가지마다 움트는 새순이 온 산을 물들이듯, 내 소망이 하나씩 이루어질 때마다 희망을 주었기에 곡절 없는 삶일 줄 알았다. 단단한 가지도 세찬 바람에는 부러질 수 있었다.

가파른 길을 오르니 길잡이 표지가 세 갈래로 나누어진다. 보랏빛 현호색이 군락을 이룬 골짜기로 들어선다. 홍류폭포로 발길을 옮기니 나무 사이로 언뜻언뜻 보이는 물줄기가 신불산을 적신다. 거대한 바위 돌이 검문하듯 버티고 있다. 하늘에서 쏟아지듯 내려오는 폭포수가 골짜기를 솟아오른다. 벼랑에 핀 참꽃이 물안개에 흔들리며 함초롬히 붉다. 안내문에는 홍류폭포를 '비류직하 삼천 척'飛流直下 三千尺이라고 적고 있다. '나는 듯 떨어져 흘러내리니 그 길이가 삼천 척'이라, 시원하게 떨어져 내리는 폭포수와 멋들어진 시구가 어울리는 폭포의 운치다.

산으로 걸음이 옮겨진 것은 잡다한 생각들을 말끔히 털어버리고 싶었기 때문이다. 세찬 물기둥에 어리석음을 통째로 씻으며 흔들리지 않을 중심을 잡는다. 절벽 아래 짙푸른 소의 깊이가 보이지 않는다. 폭포수는 음악이 되어 웅장한 교향곡을 펼친다. 남편은 폭포 기운을 받으려는지 두 팔을 벌리고 거칠게 심호흡을 한다. 나도 그 곁에서 "청산에 살으리라." 노래로 목청을 높인다. 칼칼하던 목이 물안개에 훨씬 부드러워졌다. 신불산 봄이 점점 충전되어간다.

남편 혼자 다녀오라고 투정을 부렸던 아침을 물리고 싶다. 폭포 기운에 발걸음이 신명이 난다. 바위를 오르내리고 숲을 울리는 새소리는 맑고 청량하다. 참꽃이 소담하게 핀 작은 폭포를 찾아 점심밥을 펼친다. 노릇하게 구운 간 고등어에 산초 잎을 따 얹어 남편 입에 넣어준다. 밥 넘어가는 소리가 물소리보다 크다.

객식구

고향 집 늙은 뽕나무가 투박해진 허리를 돌담에 기대고 있다. 몸살 나게 타고 오르던 뽕나무에 아픈 이야기 서너 줄은 새겨져 있을 것이다. '불쌍한 웬수'를 연거푸 외던 어머니가 뽕나무 앞에 어른거린다. 삭이지 못한 기억들이 살을 붙인다.

둥근 밥상이 비좁았다. 밥상머리는 서로 밀치기를 하며 제 숟가락을 찾고야 조용해졌다. 우리 집은 한 달, 아니면 오륙 년씩 숙식하던 이들이 많았다. 어머니는 객식구들을 마다치 않았다. 아픔을 안고 온 친척들을 살갑게 다독여 한 사람, 한 사람 햇살로 내보내었다.

오일장 날, 열두세 살 되어 보이는 사내아이가 들어섰다. 어머니 손을 놓지 않으려고 매달리듯 꼭 잡고 있었다. 덤불 머리에 손등이 터지고 무릎이 해진 바지며 엄지발가락이 나온 검정 고무신에 어느 것 하나 성한 게 없었다. 일가친척 집을 전전하며 먼 길을 걸어온 흔적이었다. 부모를 여읜 혁이오빠라고 어머니가 일러주었다.

혁이는 두 손을 공손히 하고 집안 눈치를 살폈다. 어머니가 들일이라도 나가면 냉큼 따라나섰다. 우리 형제들에게 싱긋거리기만 할 뿐 말을 건네지 못했다.

혁이는 아랫목에 잠을 자고 고봉밥을 먹어보는 소망을 어머니 곁에서 다 풀었다. 천성이 밝은 혁이는 마음의 그늘을 걷어내니 오월의 신록 같았다. 또한 타고난 이야기꾼이었다. 책 읽기를 좋아해 나와 책을 다투어 읽었다. 차갑던 혁이 가슴이 따뜻해지고 식구처럼 정이 깊어졌다.

혁이가 우리 집에서 대여섯 해가 지나자 손마디가 굵어지고 목소리도 허스키해졌다. 혁이 어깨에 메고 오는 나뭇짐과 소 꼴망태도 점점 커졌다. 몸이 건장해지는 만큼 마음도 깊어졌다. 혁이가 깊은 생각에 잠기면 어머니가 불러도 몰랐다. 내게 살갑게 대하던 혁이오빠가 뚱하게 다른 사람처럼 보일 때도 있었다. 감성이 풍부한 혁이 가슴에 사춘기가 밀려왔다.

혁이는 사춘기 문턱에서 방황했다. 친구와 예배당에 들락거리며 밤을 새우는 날이 많아졌다. 어긋난 교리에 맨홀처럼 빨려들어 현실에서 도피했다. 이상을 향한 꿈은 눈과 귀를 닫았다. 감나무에 올라앉아 새끼손가락을 내밀며 세상의 종말이 온다며 일손을 놓았다. 입속에 성경 구절을 중얼거리며 목이 메어 가슴을 두드리고 벌컥벌컥 찬물을 들이켜곤 했다. 엄마 품 같던 식구들도 안중에 없었다. 제 교리를 반대하는 식구들을 마귀라고 몰아붙이며 산으로 숨어버렸다. 온 식구가 혁이를 찾아다니느라 농사일은 쑥밭이 되던 해였다.

이상세계를 꿈꾸던 혁이는 제 어머니 사랑을 허황한 교리에서 찾으려 했다. 가끔 깊은 눈망울이 글썽거릴 때가 있었다. 그 어떤 것으로도 채울 수 없는 그리움이었다. 내 자식 거두기도 어려운 세상에 뒤통수 돌 맞을 일이라며 온 동네가 수군거렸다. 우리 집은 섬이 되었다. 유교 사상이 뿌리 깊은 동네에 이단 교리에 빠진 혁이가 저지른 일은 손가락질받을 일이었다. 봄부터 시작한 혁이의 방황은 가을이 깊어질 때까지 이어졌다. 고삐 풀린 혁이를 떠나보내지도 품을 수도 없었다.

혁이는 우리 집에서 지낸 칠 년이라는 긴 시간을 멈추고 같은 교리를 맹신하는 집으로 들어갔다. 즐거웠던 만큼 엄청난 진통도 두고 떠났다. 어머니는 머리 검은 짐승은 거두지 말라는 옛말을 실감

166

하면서도 날마다 동구 밖에서 기다렸다. 헝클어진 집안이 추슬러지고 아무 일 없듯이 첫눈이 내렸다. 화롯불을 안고 앉으면 혁이 익살이 들렸다. 그때까지도 묵은 정은 떠나지 않고 슬픔이 머물렀다. 제 몸뚱어리를 꽁초처럼 만들어 어디쯤 머물고 있을지 혁이 발자국마다 지독한 냄새가 박혔다.

오일장이 소문을 달고 왔다. 혁이가 꿈꾸던 이상 세계는 한겨울에 손이 얼어 터지도록 일을 시키는 주인의 횡포였다. 지구의 종말도 보지 못한 채 혁이는 그 집에서 쫓기듯 달아났다. 봄물처럼 흐르던 냇물이 다시 꽁꽁 얼었으리라. 어머니가 댓돌에 주저앉아 '이 웬수'라며 가슴을 연거푸 두드렸다.

몇 해가 지나고 뽕나무 새순이 터질 무렵 말쑥해진 혁이가 어머니 앞에 와서 무릎을 꿇었다. 객지 생활의 설움을 토했다. 그 어디에도 아지매 같은 푸근한 사랑이 없었다며 커다란 등이 들썩였다. 어머니 눈에도 눈물이 어리었다. 듬직해진 혁이 등을 쓰다듬은 어머니 손길이 짐을 내려놓은 듯 부드러웠다. 혹독한 시련을 이겨낸 혁이는 대기업에서 인정받는 재단사로 일했다.

객식구의 온기는 뜨거웠다. 한 해 간장 서너 독을 퍼내고, 짚가리마다 따끈한 달걀이 구르고, 마루 아래 강아지가 줄줄이 태어났다. 살아있는 것은 서로 상생의 기운을 가지고 있었다.

사람을 좋아하던 어머니는 힘든 이들의 양지가 되었다. 여러 객식구를 만나고 떠나보내면서 반갑고 서운한 마음도 잘 다스려야 했다. 그들이 제자리를 잡고 나면서 어머니 온기도 차차 잦아졌다. 객식구에 베푼 정은 훈훈한 가슴이 되어 희망 꽃을 피워냈다. 어머니가 이 세상 떠나던 날 객식구 울음이 상여 뒤를 줄줄이 따랐다.

언니 집이 팔려 오갈 데가 없다

"우리가 여기 있을 때 한번 오너라, 햇살이 예쁘고 새소리가 아름답다."

언니는 집이 갑자기 팔려 친정 시골집에 머물고 있다. 시골집이 어설퍼서 걱정이라더니 금세 정이 들었나 보다. 이삿짐센터에 짐을 보관하고 내려갔단다. 주말에 남편과 포항 고등어 한 손을 들고 고향 집을 찾았다. 감나무로 에워싼 집은 가을 음악이 잔잔하게 흐른다. 이런 풍경은 형부만이 연출할 수 있는 멋이다. 커다란 전축을 통째로 옮겨왔다. 잠시 머물러도 즐거움을 만드는 사람이다. 언니는 염색을 하느라 감물이 들었고, 형부는 들깨를 꺾느라 깻단이 되었다.

나는 밭에서 딴 고추, 호박으로 된장을 끓이고, 가을 상추를 씻으며 고등어를 노릇하게 구웠다. 콧노래가 절로 나온다. 텃밭 머리에 차린 점심상에 젓가락 놀림이 바쁘다. 조용하던 집이 들썩거렸다. 어머니가 심은 감나무가 주홍빛 열매로 반기고, 툇마루까지 올라온 호박 줄은 다리를 감는다. 안방 창문을 여니 석류가 낯을 붉히며 바쁘게 들어온다.

어머니 살던 자리에 우리 형제가 쉬어갈 집을 개조하자고 마음을 모은다. 가상 설계로 큰 그림부터 그린다. 황토 집에 구들을 놓아 아궁이 불을 지피는 구조로 바꾸고, 작은 다락방에 차방을 만들어 앞산이 찻물에 들도록 꾸민다. 사립문은 동으로 내어 종일 열어두고, 바람이 잘 통하는 울타리는 이웃과 눈인사를 할 정도로 낮게 두른다. 작은 옹달샘에 수련이 색색이 방긋거린다. 마당에는 어머니가 심어둔 감나무, 석류나무, 매화나무가 우거진다. 어머니가 꿈꾸던 풍경이다.

담아둔 매실차를 마시며 마음을 한 번 더 다진다. 몇 시간 토론으로 만들어낸 작품이 실현 가능성이 보인다. 산수가 좋은 곳이라 가끔 하던 이야기다. 당장이 아니라도 그 꿈을 하나하나 이루어나가는 것이기에 벌써부터 행복해진다.

오래 비워 둔 집에 거미가 문발을 치는데도 언니는 오래 눌러앉을 것 같다. 어머니 성향을 꼭 닮은 언니가 집을 지켜준다면 유년의 품을 다시 느낄 것이다. 순아, 숙아, 밥 먹어라 하는 어머니 목소리가 구석구석 살아난다.

언니 이사로 묵은 살림이 윤기를 낸다. 빈집은 오랜만에 사람 소리, 음식 냄새로 훈기를 내고 언니와 형부는 돌아갈 날을 미루고 싶어 한다. 파란 하늘에 감 조리를 올려 홍시를 따고, 툭툭 벌어지는 석류 바구니를 채우며 언니와 형부의 가을이 익어간다. 우리도 그곳에 젖는다. 귀뚜라미, 여치 소리, 배추벌레 사각거리는 소리를 귓바퀴에 담는다.

문어

　　　　　　　　　　　　　문어가 도드라진 빨판으로 찬 바닥
을 더듬는다.

　"자, 돌문어시더, 8킬로 22만 원요."

　평소에 짐작해두었던 가격보다 엄청 높다. 관혼상제에 인기가 높
은 문어는 삼동에 부르는 게 값이다. 공판장을 맴도는 내게 남자가
문어를 양파 자루에서 왈카닥 쏟아낸다. 오늘 문어는 싱싱한 때깔
이 탐이 난다.

　"제사상에 올릴 겁니다. 20만 원에 주셔요."

　내가 끝자리를 삭둑 자른다.

　"손해 보고는 못 파니더. 이리 잘생긴 문어 흠잡을 데 어딨는교."

장화 신은 남자는 펄쩍 뛰며 한 치의 양보도 없다. 문어는 밀고 당기는 흥정에 억센 남자 손에서 오르내리며 서너 번 더 철버덕거린다.

"그럼, 다른 데 좀 더 둘러볼게요."

수십 년 갯바람 맞은 나도 만만찮다.

"알았니더, 아지매가 오늘 첫 손님으로 개시하니더. 제사상에 올린다니까 나도 기분 좋심더."

남자는 신사임당 넉 장에 침을 탁, 묻혀 앞머리에 쓱, 문지른다. 첫 손님의 돈으로 마수걸이를 한다.

어머니 제사상에 처음으로 올리는 문어다. 문어를 좋아하던 어머니를 생각하면 가슴이 아린다. 어머니는 막내딸 살림을 내면서 '물가에 인심은 사납다던데.'라며 내내 걱정이었다. '엄마 좋아하는 싱싱한 문어는 마음껏 보내드릴게요.' 천지 모르고 떠들었다.

신혼 살림살이는 만만찮았다. 허투루 쏟은 막내의 말을 어머니가 귓등으로 들어주길 바랐다. 새집을 사서 모시러 갔지만 다음 봄날로만 미루었다. 해물 밥상을 떡 벌어지게 차리고 싶었던 바람은 가슴에 아직도 응어리로 남았다.

단골인 달자수산에 가면 입씨름 없이 문어를 살 수 있지만 굳이 공판장을 찾는 이유는 간단하다. 며칠 갇힌 문어보다 바다에서 갓 올라온 것이 싱싱하고 가격도 일이만 원 싸기 때문이다. 빠듯한 살림살이라 푸성귀 한 단도 머리를 굴리며 계산한다.

문어를 잘 삶아 차게 식혀 달라 부탁하고 남은 장거리를 본다. 바닷가에 산다는 핑계로 어머니 제사에 쓸 해산물은 내가 준비한다. 생전에 무심한 딸이 뒤늦은 효도랍시고 싱싱한 제물에 온 정성을 들인다. 조기와 돔배기, 해산물을 가득 사서 힐레벌떡 문어 집에 도착한다.

삶은 문어가 나일론 줄에 매달려 있을 시간인데 아이스박스에 깔끔하게 포장이 되어 있다. 문어 집 주인이 재바르게 준비해주었다니 허리를 굽혀 인사를 한다. 친정으로 달리는 자동차 가속 페달에 힘이 넘친다.

커피 한 잔의 여유도 부릴 겸 휴게소에 들어간다. 자동차 트렁크에 문어를 살피니 상자가 한쪽 구석으로 처박혀있다. 오랜만의 외출이라 운전이 거칠었나 싶다. 문어 상자를 트렁크 가운데로 모시고 잡동사니로 고정한다.

빨간 벽돌집 안으로 구수한 열기가 대문까지 마중 나온다. 어머니가 보내는 무언의 메시지에 형제들이 다 모인다. 언니는 문어 상자를 받아들고 휘둥그레진다.

"요즘 엄청 비쌀 텐데. 어머니가 좋아하시겠다." 상자를 열어보면

174

탈이라도 날까 봐 시원한 곳에 고이 모신다.

　병풍을 치고 제물을 올린다. 문어 놓을 자리를 넓게 비워놓는다. 문어 상자를 조심스레 열어젖히는데 아이쿠, 웬 낯선 물체다. 팥죽색으로 범벅이 된 생물이 파김치가 된 듯 널브러져 있다. 모양새 나던 문어는 없었다. 문어가게로 전화를 건다.

　"문어 껍질이 다 벗겨지고 범벅이 되었는데 물건이 바뀐 것 같아요."

　"뭔 소린교. 아침 개시 물건은 절대 그럴 리가 없니더. 흔들리지 않게 잘 모셔 갔능교."

　아뿔싸, 머리에 번개가 친다.

　"금방 삶은 문어는 잘 모셔야 되니데이."

　하던 남자 목소리가 다시 귓전을 때린다.

　문어를 급속으로 차게 식혔어도 속 열이 남아 있었다. 앞자리에 두고 살펴보아야 했다. 그 먼 길을 트렁크에서 흔들렸으니 껍질이 벗겨져 범벅이 되었다. 모처럼 제상에 올리는 문어를 간수하지 못한 나를 어머니가 용서하실까. 부끄러운 마음에 마당에 나와 하늘을 보니 섣달 보름 달님 속에 어머니가 괜찮다며 껄껄 웃으신다.

4
풍경으로 말하는 왕릉

풍경으로 말하는 왕릉

한낮 숲에 햇볕 조각이 마른 솔잎 위에 깔렸다. 솔바람은 나무 허벅지를 쐬아아 비비며 휘돌아나간다. 지상으로 드러난 뿌리 위에 망태버섯이 하얀 그물을 짠다. 옹이구멍에 둥지를 튼 새가 '뽀보복 뽀보복' 왕릉의 적막을 깬다.

신라의 다른 왕릉에 비하면 흥덕왕릉은 경주에서 가장 멀다. 안강읍 육통리라는 능골, 원당, 존당, 못밑, 학지, 거리 마을을 통칭하지만 육통의 신통력이 있었는지 다른 신라 왕릉과 달리 분명한 비편을 남겼다. 역사에 큰 업적을 남긴 위대한 왕은 아니지만 '흥덕'이라는 이름은 남기고 싶었을까.

흥덕왕릉은 멀리서 보면 솔숲이다. 굽은 소나무들이 도열한 솔밭으로 들어가면 저만치 왕릉이 보인다. 양편의 문무상이 먼저 눈에 들어오는데 무인상은 코가 크고 눈이 움푹 들어간 얼굴에 철퇴를 불끈 잡고 서있다. 서역인의 모습이다. 무인상은 양 소매에 두 손을 여민 신라의 문인상과 함께 왕릉을 지킨다. 그 이질적인 모습에서 서역인에게 느꼈던 신라인의 감정이 그대로 나타난다.

왕릉에는 왕과 왕비가 함께 잠들었다. 돌사자 네 마리가 발톱을 세우고 갈기를 휘날리며 송곳니를 세운 채 사방을 경계한다. 석주 안에는 사람의 몸에 짐승의 얼굴을 한 십이지신상이 능을 둘러싸고 열두 방위를 지키는데, 각각 다른 무기를 들고 있다.

왕릉은 임금과 신하, 백성, 그리고 신앙까지 갖춘 배치이다. 흥덕 왕릉 앞에서 사방을 둘러보면 흡사 하나의 왕국을 보는 듯하다. 왕국은 고요하고 평화롭지만 풍경을 가만히 들여다보면 슬프면서도 아름다운 역사를 품고 있다.

흥덕왕은 피를 부른 왕이다. 반역의 편에서 가담한 실세의 공으로 헌덕왕을 이어 왕좌에 올랐다. 그 후 소성왕의 딸인 장화 부인을 일찍 아내로 맞이하지만, 반역의 삼촌을 왕으로 모신 왕비는 슬픔을 못 이겨 재위 두 달 만에 이승을 떠났다. 왕조차 슬픔에 빠져 국정을 제대로 돌보지 않는 사이 정치적 혼란이 이어졌다. 시월에 복숭아꽃이 피고 지축을 흔드는 지진까지 일어났다. 이상기온과 땅이 몸살을 앓으면서 백성이 도탄에 빠지고 민심이 흉흉해졌다. 흥덕왕은 재위 11년 만에 삶을 마감하고 말았다.

쇠락을 대변하는 것일까. 왕릉 동쪽에 귀부만 남은 거북이가 엉거주춤 엎드렸다. 비신을 잃어버린 등짝에 이끼가 퍼렇게 자라고 얼굴은 뭉개져 이목구비를 알아볼 수 없다. 권력의 회오리에 멈추었는지 팔각조각은 새기다가 말았다. 밋밋한 견갑골과 한껏 움츠린 발톱은 힘을 잃어가는 왕조 같다. 하고 싶은 말이 차올랐는가. 목울대가 불룩하게 하늘로 차올랐다.

왕릉을 둘러싼 소나무는 하나같이 휘고 비틀어졌다. 흉흉한 시대의 민초들의 모습을 보여주듯 하늘로 허리 한번 곧추세우지 못하고 서로 끌어안고 버틴다. 가지가 부러지고 뿌리가 드러나고 옹이가 박혔다. 척박한 땅을 풀무질과 쟁기질로 일구던 민초들 몸짓이 저와 같았을 것이다.

그들은 봄밭에 희망을 걸고 여름 소나기에 땀을 씻어내며 가을에 열매를 땄으리라. 촌락을 이루고 아이를 기르면서 더 나은 내일을 꿈꾸었을 것이다. 힘든 농사와 가뭄과 홍수, 돌림병에 죽을 고비도 수없이 넘겼으리라. 나라의 부름에도 기꺼이 따라야 했다. 정을 들고 망치를 들고 석공과 목공으로, 위급하면 제일 먼저 전쟁터로 내몰렸다. 그래도 살아남은 민초들은 굽은 소나무처럼 허리가 휘도록 살았을 것이다.

왕릉과 주변을 둘러싼 풍경은 왕의 역사만이 아니다. 수많은 고분의 아름다운 능선, 살아있는 듯 섬세한 불상, 작거나 큰 성곽까지 그러하다. 왕조가 한 업을 이루는 뒤편에는 사투를 벌이는 풀뿌리들이 있다. 민초들은 저 소나무처럼 어깨죽지가 으깨지고, 다리가 부러지고 손발이 터지도록 역사를 이어갔다. 왕릉 숲을 깊이 들어설수록 질곡과 도탄의 역사가 만들어 낸 풍경 앞에 숙연해진다.

솔밭은 먼지가 일도록 메마르다. 듬성듬성 자란 억새가 물 한 방울 빨아올리기가 힘든지 야윈 이파리를 드러낸다. 솔가리는 울퉁불퉁 불거진 나무 뼈마디를 품어주다 바싹 말라간다. 굽은 몸에 태어난 자잘한 솔방울들이 밟히고 부서져 성한 것이 없다. 솔 그늘 돌 틈 여기저기 아기 소나무가 용케도 뿌리를 내렸다. 이 작은 소나무 한 그루 한 그루가 모진 풍파를 이겨내며 자라 왕릉의 역사를 이을 것이다.

그 시대가 지나고 나면 부귀, 영화, 권력, 굶주림의 경계가 없다. 부귀도 한 시절이요, 암투도 한때요, 뱃가죽이 달라붙는 가난도, 애간장 녹이는 슬픔도 다 전설로 남는다. 왕과 왕비 그리고 허리가 굽은 소나무들이 이루는 왕국, 흥덕왕릉을 가만히 살펴보면 그 풍경이 슬프면서도 아름답다.

개구리 소리

　　아침 산책에서 만난 부드러운 트럼펫 소리. 이 기분 좋은 음악은 어디서 왔을까. 눈을 크게 뜨고 주위를 살핀다. 아무리 맴을 돌아도 안개조차 없는 바다는 조용하다. 숨바꼭질하며 찾은 음악 소리는 며느리밑씻개가 초록빛을 펼치는 작은 웅덩이에서 울린다. 풀숲에 온통 가려진 웅덩이는 내 발소리를 느꼈는지 잠잠하다. 숨은 악사는 누구일까.

　　분명 황소개구리다. 고향 집 여름밤에 황소개구리가 첫 신고식을 하는 날, 괴물로 알고 몽둥이로 소동을 벌인 바로 그 소리와 닮았다. 개구리 울음이란 걸 알고부터 내 귀에는 트럼펫 소리로 들리기 시작했다. 그놈의 우렁찬 소리는 참개구리의 개굴개굴 소리를 녹이기에 충분했다. 오늘 얼굴을 숨긴 개구리는 필경 아기 황소개구리다. 소리의 음폭이 가늘고 부드럽다. 울음의 근원지와 악사를 알아도 기분은 여전하다. 굳이 소리의 주인을 불러낼 마음은 없다. 오늘 행복한 아침을 선물한 그에게 오월의 노래로 화답한다.

무논에 참개구리 소리는 내게 가장 친숙하다. 오뉴월 여름밤, 넓은 들녘에서 울리는 엄청난 악단의 연주는 가히 절정이다. 마을은 관객이 되어 숨을 죽인다. 초가지붕에는 박꽃이 한껏 벌어지고 감나무 풋감 살 오르는 소리가 난다. 심야 음악회는 무논의 벼도 종아리를 들썩거리며 웃자라게 만든다. 개구리 소리가 숨이 차면 악장 사이를 쉬어간다. 새 악장이 다시 첫 음을 울리면 뒤따라 몰려오는 소리는 클라이맥스로 자지러진다.

개구리울음을 오케스트라로 느끼며 사춘기를 보냈다. 친구에게 편지를 쓰면 개구리 소리도 묻어갔다. 여름밤에 개구리 소리가 나지 않으면 허전했다. 큰비가 오거나 몹시 가물면 드문드문 소리를 냈다. 우렁찬 울음은 풍년을 약속한다. 한밤 개구리 소리는 한낮 매미 소리에 버금갔다.

장날 푸성귀에 따라온 청개구리 두 마리를 화단에 풀어놓았다. 꽃나무 이파리로 폴짝거리며 풀색 엉덩이를 흔들어댄다. 창문에 기어오르기도 하고 또닥또닥 소리로 여름밤을 시원하게 한다. 불효한 죄로 비가 오면 울어댄다는 연둣빛 작은 몸이 귀엽다. 비 오는 날 창문에 붙어 내다보는 모양이 슬퍼 보인다. 구속하는 것 같아 숲에 내려놓았다. 고마운지 섭섭한지 '또오닥 또오닥' 울며 풀 속에 숨어든다.

개구리는 산과 들에 살면서 사람 눈에 잘 띈다. 개굴거리든 와글거리든 이제 한 땅에서 산다. 토종개구리와 황소개구리 세계에 먹이사슬이 잘 이루어져 생태계에 큰 영향이 없길 바란다. 개체수를 줄이고 늘리는 것도 자연의 순리다. 머잖아 개구리울음이 '와개구루' 하는 소리로 들리지 않을까. 낯선 모습도 우리 것으로 만들어 가는 현시대의 모습처럼 말이다.

보리방아깨비가 이슬에 젖은 발을 털며 웅덩이로 튄다. 트럼펫이 다시 와구루루거린다. 하루 첫 만남이 즐거우면 종일 유쾌하다. 귀여운 아기황소개구리가 내일도 기다릴지 궁금하다. 툭 불거진 눈에 미끌미끌한 얼굴이 보고 싶은 아침이다.

바지랑대

　　마당에서 감물 염색을 한다. 오리나무 바지랑대가 물 젖은 감물 옥양목을 힘겹게 밀어 올린다. 갑자기 불어온 바람에 얼굴을 붉힌 감물염색 천이 산발을 한다. 바지랑대 중심을 잡으려는 남편의 팔뚝에 힘줄이 툭툭 불거진다. 내 식구를 지탱하는 고집과 닮았다.

　　남편은 집안 식구를 바지랑대처럼 괴고 살았다. 부모, 형제와 아이들 장래도 책임져야 했다. 어깨에 매달린 식구들이 곤두박질치면 무겁게 지탱했다. 그의 단단한 경계는 무너지지 않을 성벽 같았다. 그런 가장 역할이 그에게는 가족을 사랑하는 최고의 방법이었다. 바지랑대가 오랜 시간 동안 젖은 이불을 받치듯 그도 일터에서 마른 땀을 흘렸다.

올봄부터 남편이 밥상을 자주 밀어냈다. 여윈 볼이 더 들어가고 얇은 눈두덩이가 퀭했다. 검진을 받아보자고 등을 떠밀며 겨우 병원 문을 들어섰다. 위내시경에 비친 남편 위장의 십이지장은 벌겋게 헐어 있었다. 의사의 "신경성입니다."라는 말이 가슴에 꽂혔다. 담배 연기를 피워 올리는 남편 모습이 초췌했다. 기고만장한 성질처럼 건강하다고 믿었던 생각이 심하게 흔들렸다. 까다롭게 타고난 성품도 있지만 가까운 혈육들이 흔들어대는 바람도 버거웠다. 증축한 병원 창문 사이로 고목 한 그루 비좁게 버티고 남편처럼 서 있다.

푸새한 이불 홑청을 널면 바지랑대는 허리를 곧추세우고 함석 소리가 나도록 말려낸다. 겨울 마당 바지랑대는 고드름 달린 언 빨래를 일주일은 메고 견뎌야 어깻죽지가 풀렸다. 마당을 종일 지키며 아기 배냇저고리와 할머니 핫바지까지 말리며 묵묵히 긴 그림자만 햇빛을 따라갔다.

오늘도 불편한 속을 내색하지 않고 출근하는 남편의 뒷모습이 안쓰럽다. 가정경제의 무거운 짐을 들어주고 싶어도 나의 재테크 능력은 부족했다. 경제적 여유가 나아져도 아이들이 자라면서 씀씀이가 늘어났다. 윤기 나는 살림살이로 위안을 삼았다.

남편은 그 와중에 방송대학교에 편입을 해서 경제학 공부를 시작

했다. 혼자 힘으로 일군 수확이 다섯 식구의 에너지로 환원되기에
는 빠듯했지만 평소에 접하고 싶었던 것은 무리하도록 밀어붙이는
성격이다. 그러나 투박하면서도 섬세한 면이 있어 가족 기념일이면
배추 몇 잎 넣은 봉투에 축하 메시지를 담아 전한다. 자투리 시간에
즐기는 내 작은 취미도 말없이 지켜봐 주는 멋진 바지랑대다.

세월이 사람을 누그러지게 한다. 이순이 된 남편이 한걸음 물러
서서 내 마음을 읽는다. 퉁명스러워진 내 말에 귀를 기울이고 불같
은 성질도 차분해졌다. 그는 당신이 참아주고 기다려 주어 편하게
지냈다고 토로한다. 느지막이 속내를 드러내는 싱거운 바지랑대다.
그 그늘에 다섯 식구가 무탈하게 살아온 것에 고맙다.

약봉지를 만지는 그이 손에 마음이 간다. 속이 아플 텐데 소처럼
말이 없다. 아침 일찍 위궤양에 좋다는 친환경 양배추를 갈아 즙을
낸다. 유리잔에 양배추즙 거품이 남편 성질처럼 일어난다. 멀쩡한
이파리를 갈았다고 또 밀칠 것 같다. 감빛 무명 요를 남편 침상에 펼
친다. 힘든 바지랑대를 감물에 쉬게 하고 싶다.

자유인, 그녀

　　대문 앞 토분에 담긴 유채꽃이 노랗게 인사를 한다. 주인의 배려가 돋보인다. 집안에서 음악이 잔잔하게 흐르고 언덕진 마당에는 봄꽃이 색색이 피어있다. 툇마루를 따뜻하게 데우는 아침햇살에 고양이가 다듬잇돌 위에서 졸던 눈을 호롱거린다. 기둥을 감아 오르는 인동초와 찔레나무가 뒤돌아보고 웃는다. 작은 연못에 뒷다리가 막 생긴 올챙이가 음악 속으로 촐랑거린다.

　"어서 오세요."

　나직한 목소리가 봄 뜰에 취한 나를 깨운다. 편안한 원피스 차림의 반백인 그녀가 나를 맞는다.

　"봄 뜰이 예뻐서 혼자 즐기기 아까웠어요."

부드러운 목소리다. 연둣빛 사발에 내놓은 여름 과일이 정물화 같다. 손끝이 예술이다. 소박하고 정갈한 집안이 볼 때마다 새롭다. 풀꽃과 그림, 사진들을 옮겨 분위기를 바꾼다. 고요하고 정숙한 느낌인 그녀와 이야기를 나누면 안으로 풍기는 열정이 그대로 전해진다. 무너진 담장을 손보느라 점심 준비를 미처 못 했다며 맛집을 가자고 한다.

숲길을 걷는데 이슬 젖은 풀이 다리를 휘감는다. 흙담 아래 모란이 붉게 타고 강아지똥 풀이 무리 지어 노래한다. 그녀는 수목원을 지나면서 나무 하나 하나와 이야기를 나눈다. 자연의 한 부분인 듯 그의 말이 나무고 꽃이다.

그녀가 안내하는 집은 기와지붕 아래 서양식 구조인 음식점이다. 외국에서 지내다 온 젊은 부부가 운영한다. 일주일에 문을 여는 날이 3일이다. 여행을 무척 즐긴다는 주인 내외와 친분이 많은 그녀다. 시래기 밥과 반찬이 정갈하다. 동동주를 권하는 그녀의 뺨이 발그레하다. 그녀와 밥을 먹으면 이야기에 취하고 술에 취한다. 젊은 부부도 같이 앉아 여담을 나눈다. 그들 여행 이야기가 흥미롭다.

돌아오는 길은 남산자락에 숲길을 걸었다. 왕릉 풍경을 다듬느라 키 큰 참꽃들이 무참히 쓰러져 있다. 포클레인이 산자락을 훑고 지나간 흔적이다. 그녀는 나무를 일으켜 하나하나 상처를 보듬는다.

울창한 산에 무슨 자연보호를 거칠게 하느냐고 속상해한다. 저절로 우러나는 자연인의 모습이다.

나도 자유를 외치지만 온전히 즐기진 못한다. 자유로워진다는 것은 어디에도 얽매이지 않고 방해받지 않는 열린 마음이 아닐까. 내 집착과 욕심은 아무리 비워도 나날이 생겨난다. 나이가 들면서 한 걸음씩 물러서질 뿐 진정한 자유를 누리지는 못한다.

그녀는 바람 같은 사람이다. 얼마 전 캐나다에 서너 달 머물고 왔다. 아르바이트를 하면서 곳곳에 여행을 다녔단다. 그녀에게 엄청난 용기가 숨어있다. 언어 소통이 되냐고 하니 그 나라 공부를 조금 했다고 가볍게 웃는다. 세상을 쉽게 사는 그녀다. 내가 작은 울타리에서 안달한다면 그녀는 전 세계를 물결처럼 누빈다. 어디에도 걸림이 없는 가슴이 부러울 때가 많다.

그녀는 여행을 무척 좋아한다. 낯선 곳도 아는 길처럼 찾아간다. 예쁜 길이 보이면 풍경을 감상하느라 하루가 걸려도 지겹지 않단다. 그녀는 전국 오솔길까지 머리에 그려져 있어 어느 곳이라도 역사, 지리, 문화를 꿰고 있다. 그녀와 같이 지내면 매일 보는 풍경도 설렘을 느끼게 한다. 가끔 던지는 농에도 여행의 신비로움을 느낀다.

그녀는 자신을 잘 다스리는 자유인이다. 끊임없이 되풀이되는 삶을 수동적으로 따르기보다는 능동적으로 살아간다. 어린아이처럼 매 순간 경탄하고 즐기는 사람이다. 그녀와 있으면 밤을 새워도 지루하지 않다. 모내기한 논에 달이 뜨는 풍경을 좋아하고 밤에 우는 새 소리를 즐긴다. 그녀를 만나면 에너지가 충전되어 마음이 평화로워진다.

깊은 산골에 그녀가 꿈꾸듯 즐기는 오두막 토담집도 가지고 있다. 여행길에 만난 행운이라고 자랑삼는다. 흙, 나무, 돌로만 지어진 옛날 집이다. 안채에는 뒷박 같은 작은 방들과 툇마루가 있고 부엌에는 서말지 솥과 동 솥이 정답게 불을 댕긴다. 채송화가 핀 장독대에 옹기들이 서로 윤기를 낸다. 넓은 마당 끝에 미루나무 한그루가 시원한 바람을 불러온다. 들녘이 한눈에 들어오는 마당에 서면 풍광이 산수화다. 머리가 아플 때 그곳에 쉬다 오면 거짓말처럼 상쾌해진다.

그녀의 지인들을 만나면 세속에 물들지 않는 사람들이다. 유유상종으로 만나 즐기며 인생을 만끽한다. 음악회나 공연이 있으면 어디든 찾아간다. 짬짬이 글을 쓰는 천생 예술가다.

가을이면 집안에서 음악회를 연다. 전국에서 모이는 지인들이 갖은 재주를 부린다. 역사, 문학, 음악, 도예 등 나름대로 지식을 공유한다. 자연을 닮은 그녀는 품 넓은 푸른 나무다. 요즘 통영에서 열리는 피아노 콘서트를 예약했다고 들떠 있다. 그녀 곁에 있으면 나도 자유인이 되어간다.

육묘일기

막내가 길고양이 새끼를 안고 왔다. 난데없는 고양이냐고 손사래를 쳤더니, 집안에 두면 온기가 더해 질 거란다. 아이들이 떠난 자리가 썰렁했지만 그래도 고양이는 아 니었다.

막내가 막무가내로 새끼 고양이를 데려와 마지못해 받아들였다. 어미 고양이 같으면 끝까지 반대했을지도 모른다. 녀석은 눈치를 슬슬 보다가 얼굴을 익히자 재롱을 떨었다. 그러나 녀석의 몸짓을 볼 때마다 섬뜩한 기억이 되살아났다.

어린 시절, 막내인 내게 고양이는 친구 이상이었다. 하얀 털 위로 까만 무늬가 있는 점박이는 작은 얼굴에 유난히 큰 눈이 사랑스러웠다. 만삭이 된 고양이 배에 손을 대면 새끼들이 꼬물거렸다. 그 촉감이 좋아 종일 치대어도 제 새끼 쓰다듬는 손길로 여겼는지 어미는 발톱을 세우지 않았다. 곧 태어날 새끼가 보고 싶어 몇 밤이나 손가락을 꼽으며 기다렸다.

며칠 뒤 아침에 고양이는 옆집 우물 안에서 발견되었다. 그믐밤에 무거운 몸을 이끌다가 발을 헛디딘 모양이었다. 옆집 아저씨가두레박으로 고양이를 건져 올렸다. 밤새 몸부림치다가 숨을 거두었는지 발톱이 닳아 있었다. 새끼를 품은 채 눈을 감은 모습을 보고 나는 사흘 동안 울었다.

툇마루에는 고양이 대신 감나무 그림자만 어른거렸다. 담장 옆뽕나무에 매달린 달콤한 오디를 한 움큼 입에 넣어도 쓰기만 했다. 개울에서 송사리 떼가 발을 간질여도 손을 담그기가 싫었고 우물이라도 보이면 멀리 돌아서 다녔다.

어린 날의 깊은 상처는 쉽게 지워지지 않았다. 어른이 되어서도고양이만 마주치면 피해 다녔다. 우연히 본 영화 '검은 고양이'의 이미지까지 각인되어 고양이와의 동거는 생각도 해본 적이 없었다. 그런데 난데없는 고양이라니.

내 속을 알 턱이 없는 녀석은 자꾸만 내 곁을 맴돌았다. 어미 생각이 나는지 종일 젖 빠는 시늉을 하며 울기도 했다. 밤이면 아무리 밀쳐내도 지치지 않고 침대 위로 기어올랐다. 내가 낮잠을 잘 때면 녀석은 살그머니 내 무릎 사이에서 잠들었다. 귀여운 구석이 많아 슬쩍 안아볼까 싶다가도 나는 녀석을 밀쳐버렸다. 그러면 녀석은 쪼르르 베란다로 달려가 짧은 뒷다리를 세우고 바깥을 내다보았다.

녀석의 눈빛에서 감정이 비쳤다. 어미와 떨어진 아기의 슬픔일까. 아니면 야생에 대한 본능적인 회귀일까. 묘하게 마음을 파고드는 눈빛은 무언가가 간절하다는 메시지 같기도 했다.

녀석은 애완이 되기 위해 본능을 제거하는 중성화 수술을 받았다. 마취에서 깨어나지 못한 채 내 품에 잠들었을 때, 녀석은 고양이가 아니라 자식이 되었다. 손바닥만 한 배에 난 커다란 상처가 아픈지 녀석은 몸을 뒤척이며 종일 신음을 했다. 딱지가 떨어질 때까지 아기처럼 녀석을 보듬었다. 일주일 동안 아파하는 모습을 보니 마음이 몹시 괴로웠다. 종족을 번식하는 권리를 제 허락도 없이 빼앗은 죗값을 치러야 했다.

수컷 같아서 녀석을 진돌이라 불렀으나 암컷이었다. 어느 구석에서 졸다가도 '진돌아' 하면 검정 줄무늬를 얼룩거리며 달려온다. 이제 와서 '진순이'라 바꾸기도 그랬다. 암도 수도 아닌데, 이름이 무에 그리 중요하랴. 하지만 정체성을 잃은 채 살아야 하는 진돌이가 안쓰러웠다.

한번은 일주일 동안 밥도 먹지 않고 축 늘어졌다. 좋아하는 놀이도 간식도 무심한 듯 반응이 없었다. 내 아이가 아플 때처럼 가슴이 덜컹 내려앉았다. 동물병원에 데려갔더니 사랑에 굶주린 상태라 했다. 아픈 고양이는 탄력이 없는데 진돌이의 몸은 탄탄했다. 내가 며칠 집을 비워도 잘 지내던 녀석이 제 딴에는 가슴앓이를 한 모양이다. 여행을 다녀와서 심신이 피곤해 평소처럼 안아 주지 않았더니 녀석은 에둘러 주인을 길들였다.

진돌이와의 교감은 어떤 언어보다 진득했다. 내가 외출하는 낌새가 보이면 발목을 찰싹 감아 안아 입으로 깨물고 슬픈 눈망울을 굴렸다. 현관으로 나가서 부르면 삐쳤다는 듯 모퉁이에서 얼굴을 반쪽만 내밀다 숨어버렸다. 문밖에 내 발걸음 소리가 들리면 날 듯이 달려 나왔다. 발톱이 빠지도록 깔판을 긁어대며 종일 지루하게 기다린 심정을 표현했다.

진돌이 울음이 말소리로 들렸다. 배고프고, 외롭고, 반가운 소리를 내가 읽으면 저도 내 말을 어느 정도 알아들었다. '악수'라고 하면 오른발을 내밀고, 'ㅂ' 발음만 해도 '빼빼'라는 간식이 있는 찬장 앞으로 가서 눈망울을 초롱초롱했다. 소화를 돕는 강아지풀을 '팔랑팔랑' 하며 흔들면 '냐옹' 소리로 대답하며 베어 물었다. 동그란 눈으로 애절하게 무엇을 요구할 때는 혹 전생에 가족이 아니었을까

196

하는 느낌이 들었다.

진돌이의 몸짓은 거기서 그치지 않았다. 방 안에 날아든 잠자리를 보면 그것을 잡으러 높은 장롱을 미끄럼 타듯 오르내렸다. 장난감이라도 던져주면 거실이 운동장인 양 현란한 몸짓으로 뛰어놀았다. 그러다가 지치면 꽃잎처럼 부드러운 혀로 온몸을 핥아내고 발가락 사이까지 꼼꼼하게 닦아냈다. 뒹굴고, 어슬렁거리고, 재롱을 부리는 몸짓 하나하나가 유연하고 세밀해 마치 팬터마임이나 행위예술을 보는 것 같았다.

진돌이는 야행성답게 조용하면서도 은밀하게 다가왔다. 처음에는 낯선 내 주변을 맴돌다가 내가 느끼지 못할 정도로 조금 조금씩 내 안으로 들어왔다. 진돌이와 가까워지면서 지난날의 무서운 기억은 희미해져갔다.

내 삶에 들어온 고양이, 진돌이를 보면 이런 생각이 든다. 어릴 적의 고양이가 환생해 나를 찾아 길거리를 떠돌다가 이제 만난 것이라고, 그래서 내 상처를 치유하는 것이라고. 소설 같은 이야기도 때로는 현실이 되므로 나는 내 생각을 믿어보기로 했다. 고양이와 나의 인연이 묘하기에….

아이들이 떠난 자리를 진돌이가 메운다. 남편과 나 사이에 온기가 돈다. 진돌이는 이제 사랑스러운 자식이다.

다황

성냥을 확! 긋는다. 불꽃 사이로 유황 냄새가 퍼진다. 나는 아리랑이라는 상표의 성냥을 보물처럼 서랍에 간직해왔다. 유황 냄새가 피어오르면 그리움이 살아난다. 성냥만 들추면 여러 갈래 이야기들이 앞을 다툰다.

내가 어릴 때는 성냥을 다황이라 불렀다. 성냥개비는 끝이 까맣거나 빨간 두약頭藥이 발려있었다. 할머니는 다황을 신줏단지처럼 모시고 살았다. 다황은 집안에서 없어서는 안 될 생활필수품이었다. 아궁이에 불을 지피고 호롱에 불을 밝히고 할머니 담뱃불을 붙였다. 다황이 처음 나왔을 때 한 곽을 쌀 한 되와 맞바꾸었다고 했다. 다황은 눅눅해지면 불이 붙지 않기 때문에 따뜻한 방이나 솥 전에 두었다.

성냥이 없을 때 불씨를 꺼트리면 식구가 굶어야 했기에 불씨를 간수하는 것은 며느리의 막중한 의무였다. 불을 얻기 힘든 옛사람들은 한 번의 마찰로 불이 일어나는 모습을 보고 도깨비불이라고 했다. 이사를 할 때 화로나 아궁이의 불씨를 새집으로 그대로 가져갔다. 옛 집의 좋은 기운을 그래도 옮겨가기 위해서였다. 집들이에 불을 가져가면 가운이 불길처럼 번창한다고 성냥 선물을 많이 했다.

성냥이 흔해지고 쓰임새가 다양해졌다. 어디라도 손이 닿는 곳에 있었기에 어린 동생들이 다황 알을 빨아먹고 빨간 똥을 누기도 했다. 아프지 않고 살아남은 게 신기하다. 또 머리와 몸을 반으로 나누어 윷놀이의 윷말로 뛰기도 하고, 얇게 부러뜨려 이쑤시개로, 가려운 귀를 시원하게 긁어주는 귀이개로 쓰기도 했다.

성냥만 보면 또렷한 기억이 있다. 나는 엄청난 개구쟁이였다. 한번은 불붙인 성냥 알을 성냥갑에 밀어 넣었다. 불붙은 성냥 통이 통째로 날아올라 헛간채에 쌓아둔 보릿짚에 붙었다. 너무 놀라 헛간으로 숨었는데 어머니가 물을 퍼부어 겨우 구해냈다. 다행히 어른들이 집 안에 있을 때라 수습이 되었다. 그래도 성냥에 대한 나의 호기심은 한동안 이어졌다.

의성 성냥 공장을 다시 찾았다. 공장 벽에 성냥개비로 사람 형상을 만든 미술품이 인상적이었다. 공장은 오랜 침묵에 잠겨 팔리지 못한 성냥 곽이 벽면 가득히 노끈에 묶인 채 먼지에 쌓여있다. 빨간 유황 물통과 성냥개비를 달고 쉼 없이 돌아가던 기계도 하릴없이 제자릴 지키고 있다. 성냥 알을 재빠르게 만지던 아주머니들의 모습이 오버랩 된다. 하루도 쉬지 않던 공장이 녹슬고 있다.

성냥갑에 야광 염료를 칠한 것은 어두운 시골에서 찾기 쉽게 만들었다고 한다. 성냥갑에 새겨진 오리 상표도 재미있다. 오리 표는 염분이 많은 바닷가 마을에서 인기가 높았다. 습기가 많은 곳에서도 잘 켜져 뱃사람들에게 '물에 빠지지 않는 오리'처럼 배도 가라앉지 않을 것이라는 소망을 부여한 것이다.

마당에는 아름드리 포플러 원목이 잘린 채 여기저기 나뒹굴고 있다. 포플러 나무는 가볍고 화력이 좋아 성냥개비 재료로 쓰였다. 한때는 푸르렀을 나무들의 생을 짚어본다. 강가에서 제방 역할을 하고, 여름날 멱을 감으면 그늘을 내리고 물고기들을 쓰다듬었다. 물오른 가지를 꺾어 피리를 만들어 불면 봄날이 한층 무르익었다. 포플러 나무를 보면 성냥 생각이 나고 성냥을 보면 포플러 나무가 생각난다.

라이터와 가스레인지에 불씨 자리를 내어준 성냥은 세월의 뒤안

길로 사라졌다. 성냥 한 알이 화재의 불씨가 되면 화마라고 불릴 정도로 무시무시한 존재였지만 우리 곁을 따뜻하게 데워주던 온기는 잊을 수가 없다. 한 번의 스위치로 불을 만들고 불을 밝히는 시대가 되었다. 부싯돌을 능가했던 성냥 시대는 오랜 기억으로 남는다.

내가 간직하는 성냥도 색이 바랬다. 오랜 시간 동안 나와 같이한 애장품이다. 사라지는 물건이라 다시 새 성냥을 구해서 품는다. 나에게 불이라면 다황이 먼저 떠오른다. 할머니가 "순아 다황 가져오너라." 하던 그 유황 냄새를 맡으면 옛 기억들이 바쁘게 뛰어나온다.

아버지는 전투 중

 애록고지가 피로 얼룩진다. 비 오듯 쏟아지는 포탄에 민둥산이 되고, 땅 한 뼘이라도 더 차지하려는 전투를 벌이다 보니 적의 얼굴까지 알 정도다. 피아 모두 한계점에 이르렀을 때 열두 시간 후 휴전한다는 협정이 체결된다. 다들 고향으로 갈 생각에 마음이 들뜨는데, 이제 살았구나 하던 안도도 가장 치열한 마지막 전투에 묻혀버렸다.

영화 '고지전'을 보는 동안 온몸을 떨었다. 능선을 가로지르며 사투를 벌이는 병사가 내 아버지 같았기 때문이다. 마지막 휴가를 나온 아버지는 머지않아 전쟁이 끝날 거라며 부대로 복귀했다. 아내와 갓난쟁이를 남겨두고 떠나 저 어디쯤에 분투하다가 산화하셨으

202

리라.

2차 세계대전을 치르고 온 아버지는 이십대 청년이었다. 어머니는 열일곱 살에 아버지를 만나 결혼을 했다. 첫아기가 백일이 될 즈음 한국전쟁이 일어났다. 피난처에 있던 어머니가 집으로 가니 달빛이 하얀 멍석에 아버지가 누워 있더란다. 평소답지 않게 아기를 덥석 안으며 어머니 손을 꼭 잡고 날이 밝으면 입대를 한다고 했다. 털썩 주저앉는 어머니에게 곧 돌아온다고 다짐하며 집안을 한 바퀴 둘러보고 희뿌연 새벽길을 떠났다.

며칠 후 청도 역에서 아버지 부대가 출발한다는 소식을 들은 어머니는 찰떡을 빚어 삼십 리 새벽길을 달려갔다. 청년 수백 명이 열차에 오르는데 긴 행렬을 달리듯 찾았지만 아버지의 옆모습도 만날 수 없었다. 마지막 열차에 오르는 군인에게 떡 보따리를 안겨 주고 아버지 함자를 적어주면서 무사히 돌아오기만 해달라고 간곡히 부탁했다. 아버지를 태운 열차는 어머니 가슴에 오래도록 매캐한 연기를 올렸다.

댓돌이 푹 잠기도록 폭설이 내린 섣달 밤, 아버지는 삼 년 만에 휴가를 나왔다. 백일 때 두고 간 아기가 아장거리며 수염이 덥수룩한 낯선 아버지에게 덥석 안기더란다. 핏줄이 참 무섭다고 했다. 아버지를 보자, 할머니는 그 밤에 당산 소나무 아래에서 손주를 낳게 해

달라고 원을 세우고 일어서니, 아뿔싸, 딸을 상징하는 눈 덮인 뽕나무였다.

복귀한 아버지는 완전 무장한 모습의 사진을 보내왔다. 앞날을 장담할 수 없었는지 가족사진도 보내달라고 했다. 어머니는 부랴부랴 언니와 사진을 찍어 아버지에게 보냈지만, 가족사진 속 어머니의 배 속에 내가 있는지도 모를 아버지는 다시는 소식이 없었다. 어머니가 밤새 물레로 자아내는 목화 실이 함지박에 쌓이고 쌓였다. 한국전쟁이 끝나고 긴 기다림 끝에 돌아온 것은 아버지 대신 '행방불명 통지서'였다. 그 후로 안방에서 실 뽑는 소리는 들리지 않았다.

아버지의 마지막 휴가를 증명이라도 하듯 내가 태어났다. 태동이 워낙 힘차서 아들인 줄 알고 기다렸단다. 쇠처럼 여물고 명도 길으라고 '철수'라고 이름 지었다. 아버지가 기차를 타고 다녀가셨기에 철로를 따라 다시 돌아오라는 기원도 담겼다. 내 위로 세 살배기 언니가 있어 "이왕이면 고추 달고 나오지." 하는 소리를 지겹도록 들으며 자랐다. 아버지를 기다리는 어른들의 소망은 내가 철이 들어도 이어졌다.

나는 예닐곱 살까지 아버지를 기다리는 희망 천사였다. 완전 무장한 아버지 사진을 보고는 박 바가지에 수건을 총처럼 걸고 거수경례를 했다. 내 장난 같은 놀이에도 어른들은 실낱같은 희망을 걸

204

었다. "아비가 어디쯤 오노." 하면 앞머리를 긁적이고, 아비가 '딸방고개'를 넘나 보다." 하면 멋도 모르고 신이 났다. 그 흉내도 점점 시들해지고 어느 날 불쑥 나타날 줄 알았던 아버지는 사과꽃이 수십 번 피고 져도 돌아오지 않았다.

어머니는 아버지의 생사를 찾아 나섰다. 아버지가 전쟁 중에 보내온 편지에 적힌 군번과 사진이 유일한 증거물이었다. 어머니는 그것을 안고 육군본부를 새 길이 나도록 다녔다. 나라의 부름을 받고 전쟁을 두 번이나 치렀지만, 전쟁 후 정리되지 않은 행정은 미망인들을 더 슬프게 했다. 아버지의 권리를 찾기 위해 어머니는 밤길에 도둑에 쫓기고 여름날 홍수에 떠내려가면서 발이 부르트도록 공들인 끝에 '국가유공자증'을 받았다.

사진 속 아버지는 국방색 군복에 나뭇가지로 위장한 철모를 쓰고 허리춤을 탄탄하게 잡은 손이 평생 늙지 않았다. 큰 키에 큰 목소리, 사람을 좋아하는 성격까지 유복자인 내가 아버지를 닮아갔다. 아버지의 모시 두루마기를 꺼내 입으면 도포 끝자락이 발등을 덮고 넓은 소매가 너울거렸다. 등허리에서 아버지 기운 같은 것이 느껴졌다. '내가 누군지 아느냐'라고 물으면 아버지는 희미하게 웃었다. 젊고 늠름한 아버지 사진은 우리 집을 지키는 수호신이었다.

군복 입은 군인만 보이면 혹시 아버지일까 해서 달려가 빤히 올려다보았다. 그렇게 몇 년이 흐른 후, 저문 저녁에 한 여자가 남동생을 데리고 들이닥쳤다. 여자는 제 남편 군번을 우리가 도용했다고 윽박질렀다. 행불자 중에 아버지와 동명이인이 있었다. 어머니 발품으로 일궈낸 유공자증이 물거품이 될 지경이었다. 전투 아닌 전투였다. 아버지 군번에 제 남편을 올린 그 여자도 행방불명된 남편의 행적을 찾지 못했다. 불타버린 나라에 유품이 없으면 행적을 찾기 어려웠다.

아버지 편지와 사진은 또다시 수십 장 복사되어 관공서를 들락거렸다. 농번기에도 어머니는 논두렁과 보훈청을 번갈아 다니며 호소했다. 진실은 통했다. 포승에 묶인 채 눈물을 흘리는 여인도 가슴 저린 미망인이었다. 어머니는 그 여자의 죄를 묻기보다 옥살이를 하지 않도록 선처해달라고 했다. 그 일로 그쪽 남편 군번도 찾을 수 있었다. 그녀는 어머니에게 빚진 마음을 갚으려고 오일 장날이면 먹거리를 가지고 꼭 들러 가곤 했다.

올 유월에도 고향 충혼탑에 들렀다. 내가 산 날이 많아질수록 아버지 한 뼘 위패가 커다랗게 다가온다. 건너편 자리에 아버지와 동명이인이던 그분 위패도 있다. 고개 숙여 묵념을 하면 만감이 교차한다. 모두가 나라에 몸 바친 젊은 영혼들이라며 어머니는 우리에게 두루 참배를 하게 했다. 어머니가 마지막으로 충혼탑을 찾았을 때, 다시는 못 온다는 걸 예감이라도 한 듯 모시 한복을 곱게 차려입으셨다. 그 후로 질퍽한 시간을 잊으려는지 서서히 기억을 잃어갔다. 할 일을 다 끝내고 임종을 한 어머니의 얼굴은 무척 편안했다.

고향 집 안방에는 완전 무장한 아버지의 사진이 걸려있다. 그 곁에는 어머니가 물빛 한복을 곱게 입은 채 앉아 계신다. 어머니는 돌아오지 않을 아버지를 기다리며 철철이 모시 두루마기를 손질하셨다. 두 분이 못다 한 신혼을 즐기시는지, 아버지는 여전히 군복 차림으로 나를 내려다보신다.

2013년 유월에 내 DNA 시료를 국방부에 보냈다. 아버지 얼굴도 모르는 나는 아버지의 살과 뼈를 빼닮았다. 산화한 용사들의 유골이 속속 발굴된다는데, 내 몸을 닮은 유골은 어디에 묻혀 있을까. 가슴을 졸이며 국방부에서 온 봉투를 열지만 지금까지 번번이 좌절되었다.

한국전쟁이 끝나고 반세기가 넘었다. 국립묘지에는 해마다 위패를 모시는 봉안식이 있다. 아버지 곁에 어머니 위패가 올려졌다. 60년 만에 두 분이 해후한 것이다. 아버지의 유해만 모셔오면 더할 나위 없으련만, 눈물이 흘러내리는 내 얼굴에 꽃샘바람이 스쳐 갔다.

아직도, 내 기다림은 진행 중이고 아버지는 전투 중이다.

따뜻한 밥상

복지관 식당 문을 조심스레 열었다. 활짝 웃는 낯선 얼굴 앞에 뻘쭘해졌다. 전업주부라 부엌일에는 크게 주눅이 들 일이 없지만 낯선 자리가 어색했다. 머쓱해진 나는 애호박이 담긴 소쿠리를 조리대로 옮겨 석둑 석둑 썰어냈다.

　내가 공부하는 학교 과제에 봉사 점수 취득이 의무로 되어 있었다. 평소에 도서관에 자주 들러 책 정리하는 것을 좋아했지만 봉사라고 생각한 적은 없었다. 봉사할 곳을 찾았지만 어느 곳에도 없었다. 내 머릿속은 봉사 시간 때문에 미루어지는 공부만 도드라졌다. 다행히 일손이 부족한 무료 급식소에서 일일 봉사자를 구했다. 어떤 일이라도 점수만 채워주길 바랐다.

한여름 더위가 찜통 같았다. 노후화된 식당 시설은 천장에 달린 에어컨까지 덜컹거렸다. 엉덩이가 부딪치는 좁은 주방에서 200인 분이 넘는 식사를 만들었다. 주방기구도 처음 만져보는 거대한 그 릇들이었다. 허리 높이의 국솥과 대형 프라이팬들이었다. 국솥에서 끓어오르는 화기와 전을 구워내는 열기는 잔칫집 이상으로 뜨겁고 분주했다. 부엌일을 자신했던 생각은 깡그리 날아가고 심신이 버거 웠다. 음식을 성의껏 만들어 제시간에 내놓는 것이 우선이었다.

급식소에 들어오는 사람들은 저소득층과 장애인들이 대부분이 었다. 정성을 다한 음식은 그들 입맛을 달게 했다. 가끔 마음이 나약 한 사람들은 투정을 부리고 거친 언행을 일삼는 일도 있었다. 그들 을 내색 없이 달래고 어루만져 주는 것도 봉사자들의 몫이었다. 가 난하고 불편한 삶을 남의 탓인 양 큰소리를 치며 스스로 소외당하 는 사람들을 보면 안쓰러웠다. 작은 일에 투정을 부리고 속상해하 던 나를 엄청나게 성숙시키는 시간이었다.

순자 씨는 오전 11시만 되면 문 앞에서 기다렸다. 주름치마에 파 란색 고무 슬리퍼를 신은 늘 같은 차림이었다. 서른예닐곱이라는 나이보다 더 들어 보이지만 해맑은 웃음은 소녀 같았다. 아무리 12 시에 오라고 해도 막무가내였다. 문 앞에서 한 시간을 서성이면 마 음이 쓰이지만 그녀가 즐기는 일이라 생각하니 편안해졌다. 그렇게 기다리다 첫 번째로 배식을 받아먹고 나가면서 "언니 잘 먹었어요." 라고 인사를 꼭 남겼다. 나도 모르게 11시가 되면 해맑은 그 눈웃음을 마주하고 싶어 기다려졌다.

배식 봉사는 칠십대 노인들이 조를 나누어 도왔다. 손주가 유치원에서 돌아올 때까지 짬을 내어 봉사하러 나온 어르신들이었다. 밝은 표정이라 우리도 덩달아 밝아졌다. 자투리 시간을 욕심 없이 사회에 헌신하는 그분들을 보면서 내 양심이 찔렸다. 복지관 부엌이 내 집처럼 편안해지고 요리하는 것도 즐거웠다. 바쁘게 장만하여 푸짐하게 내놓을 점심상을 생각하면 뙤약볕에 가는 길도 경쾌했다. 봉사 점수는 이미 넘쳤지만, 일이 손에 익어가고 사람들과 친숙해져 영구봉사로 마음을 굳혔다. 복지관 서류에 정식 봉사자 이름을 올리고 나니 뿌듯했다.

하루도 빠지지 않던 순자 씨가 11시가 되어도 보이지 않았다. 음식을 하면서도 눈은 문 앞을 향했다. 해맑은 미소가 유리창에 어른거린 듯 보였다. "언니" 하면서 나타나려니 하는 마음이 간절해질 때쯤 그녀 소식이 전해졌다. 평소 지병이 있었는지 갑자기 먼 나라로 떠났단다. 조리사는 망연자실한 내게 이런 일이 가끔 있다면서 달랬다.

순자씨는 타고난 해맑은 미소로 우리들에게 마음의 봉사를 했었다. 깡마른 그녀의 손을 잡으면 어깨를 들썩이며 울음 같은 웃음을 보이곤 했다. 잔잔한 물결 같던 그녀가 마지막으로 힘든 파도를 치고 가라앉았는지 가슴이 아렸다. 좀 더 살뜰히 해주지 못한 것 같아 마음 한구석이 허전했다.

우울해진 마음에 며칠을 쉬었다. 설상가상으로 급히 먹은 밥이 체하듯 허리가 아프기 시작했다. 복지관에서 도와달라는 전화를 거절하지 못해 무리하게 다닌 것이 화근이었다. 기어이 자리에 눕고 말았다. 영상에 나타난 허리는 디스크가 불거져 나와 있었다. 의사는 무리한 일은 금물이라며 허리등뼈에 주삿바늘을 찔러 넣었다. 무거운 들통을 들어 올리며 몸이 상하는 줄 몰랐다.

허리 때문에 맹렬하게 도전하던 공부와 봉사도 소강상태가 되었다. 절박하던 마음만 수북이 쌓였다. 줄 끊어진 연처럼 마음만 늘 복지관에 있었다. 매일 바뀌는 식단도 달달 외우고 있던 터라 집에서 그 음식을 만들어 보았지만 그리 즐겁지 않았다. 복지관에서 분주한 손놀림으로 만들어 내는 음식은 그들의 마음에 따뜻한 밥상이 되어 나를 흐뭇하게 했다.

봉사는 남을 돕는 게 아니라 나의 허기진 마음을 채워주었다. 진정 내게 소중한 줄 알았던 일이 돌이켜보면 욕심이었다. 좁은 안목으로 내 주위만 맴돌며 살았다. 시작이 어떻든 머리로만 알던 봉사를 가슴으로 느꼈다. 그릇 소리, 물소리, 사람 소리 분주하던 그 집에 다시 들고 싶다.

울릉도의 속살

울릉도는 봄부터 내보내는 산나물 약초들로 육지 사람들을 설레게 한다. 망망대해에 우뚝 솟은 섬이라 신비롭다. 일 년 중 파도가 가장 잔잔하다는 오월 중순에 울릉 여행을 한다. 선착장에 썬플라워호의 거대한 몸채가 우리를 맞는다. 뱃멀미를 하지 않으려고 소파가 있는 거실 방을 택했다. 매실주를 마시고 자리에 누우니 전주에서 온 아주머니들이 의아하게 내려다본다.

"워찌 들어오자마자 자빠져 버리는겨."

"멀미가 심해서요."

"워쩌, 젊은 사람이 늙은이보다 못혀. 우리는 울릉도 갈 때꺼정

노랫가락 할 참인디 괜찮을랑강 모르겠어."

배가 출항하자 노래가 시작된다. 심청가에서 춘향가, 수궁가로 넘어가는데 판소리 공연장에 온 느낌이다. 단정하게 올림머리를 한 사람은 그 지방의 명창이란다. 아니리가 섞인 해학적 가락에 술기운과 함께 취한다.

"자는겨, 듣는겨, 따라혀라니께."

우리는 누워서 손뼉을 치고 장단을 맞춘다.

호남평야를 배경으로 사는 사람들의 여유다. 매실주에 취해 노랫가락에 빨려 들어간다. 감칠맛 나는 노랫가락은 세 시간 항해를 삼십 분으로 만든다. 배의 속도가 편안해지고 도착을 알리는 방송이 나온다. 썬플라워호는 조용한 항해로 도동에 닻을 내린다.

울릉도와의 첫 만남은 화산암에 아스라이 발을 붙이고 자란 거목 소나무 한 그루다. 한 컷 잽싸게 셔터를 누른다. 울릉도는 생각보다 아담한 풍경이다. 숙소에 여장을 풀고 자투리 시간에 도동 해안체험을 한다. 오묘한 바위굴을 지나 해국 오솔길을 따라 소라 빛 물에 빠져든다.

유람선을 타고 바다로 나선다. 울릉의 원경은 섬 끝자락마다 집들이 다닥다닥 붙어있다. 선상을 배회하는 갈매기는 새우깡 유혹에 지치지도 않는다. 저들의 본능적 욕구가 관광 거리다. 여러 모양의 바위섬들이 시선을 끈다. 코끼리 바위는 코끼리가 물을 먹는 형상이다. 배가 더 넓은 바다로 나가자 죽도가 보인다. 수직에 가까운 절벽 위의 평평한 땅이다.

농사를 지을 수 있어 주민이 있단다. 얼마 전 벼랑에서 열매를 따던 여인이 떨어졌다는 슬픈 이야기가 들린다. 섬마다 이름을 지어 울릉의 식구를 늘렸다. 바다에서 바라본 울릉의 풍경은 거대한 초망을 던진 모습이다.

다음 날은 육로 관광이다. 울릉도의 숨어 있는 모습을 볼 수 있다. 산기슭에는 약초가 무성하다. 주민들이 육지로 쉬이 떠나버리기에 울릉군에서는 산골 한 집이라도 전기, 수도를 공급하고 길을 내어주며 삶을 다독인다. 사동을 지나니 악어 바위, 촛대바위들이 보인다. 이것은 섬에서 느끼는 또 다른 맛이다.

태하리에는 애절한 사연이 담긴 동남동녀의 성하신당이 있다. 조선 태종 때 안무사 김인우가 울릉도에 거주하는 모든 사람을 육지로 이주시키며 예쁘장한 남자아이와 여자아이 둘을 속여 섬에 남겨 두고 떠났단다. 8년 후 다시 울릉도에 갔을 때 그곳에는 서로 꼭 껴안은 아이들의 백골만 남아 있었다는 이야기이다. 무인도에 남겨진 아이들의 두려움이 아프게 그려진다.

나리분지는 아늑한 시골 풍경이다. 섬이라는 것을 잠시 잊어버린다. 바닷바람에 일렁인 마음이 차분히 가라앉는다. 원주민이 살던 투막집, 너와집이 있다. 너와집은 눈이 많은 겨울에 사람과 가축이 한 공간에 생활한 모습을 재현해 두었다. 가축도 보호하고 쇠죽의 끓이는 열기도 밖으로 내보내지 않았다. 춥고 힘든 겨울이 그려진다. 원시림에서 나는 약초 비빔밥과 옥수수 동동주는 허기와 갈증을 달랜다.

성인봉은 울릉도의 최고봉이다. 북면, 서면, 남면의 경계이며 울릉도 하천의 원류이다. 나리분지에서 성인봉으로 오르는 원시림은 오월의 절정이다. 울창한 수목과 골골이 굴러 넘치는 물이 피로를 씻어낸다. 감로수라 이름 지은 약수를 입속에 머금으니 약초 향이 진하다. 춘궁기에 울릉 사람들의 명을 이었다는 명이가 지천으로 펼쳐진다. 정상에 오르니 거대한 산줄기가 말 잔등같이 펼쳐진다.

오늘 하루 피로는 저동에서 막 잡아 올린 싱싱한 꽁치 소금구이로 푼다. 마지막 밤이라 해안을 둘러본다. 칠흑 같은 바다에 오징어 배 불빛만 영롱하다. 잠시 무인도에 온 느낌이다.

다음날은 독도행에 욕심을 낸다. 독도로 가는 동진호는 작은 배다. 역방향 물길이라 요동이 대단하다. 바깥 풍경을 포기하고

속을 다스리며 3시간 사투를 벌인다. '처르륵 처르륵' 배 접안 소리가 반갑다. 솜뭉치처럼 퍼진 몸으로 내려 독도를 높이 올려 다본다.

바위 속에 하얀 괭이갈매기가 흰 꽃처럼 박혀있다. 청정한 바다냄새에 멀미가 가신다. 바위산에 가파른 철책이 만들어져 있다. 경비 초소 길이다. 배가 도착하니 해경들의 움직임이 부산하다. 배가 올 때마다 생필품이 왔나 보다. 그들은 반가운 듯 상자를 나른다.

바닷물은 청잣빛으로 하늘과 닮아있고 거대한 돌산은 자연의 순리를 묵묵히 따른다. 바깥세상의 시끄러운 소리는 전혀 들리지 않는다. 제 몸을 남들이 내 것, 네 것 하는 양이 무심해 보인다.

평화로운 바위산에 분쟁이 끊이지 않는 독도를 배로 한 바퀴 돌아본다. 해안에 자리 잡은 민가 한 채가 눈에 들어온다. 독도 끝자락에 붙은 장난감 집 같다. 독도의 소리에 친숙해진 그는 맑은 마음 하나 더 있지 않을까.

마지막으로 울릉도의 박물관을 답사한다. 경사진 도동 골목길을 내려오다 남도의 아주머니들 만난다.

"워째 우리와 인연이 깊구마이."

환하게 웃는 이야기에 익살이 묻었다. 돌아오는 배에서 멀어지는 울릉도에 아쉬운 미련이 남는다.

울릉도는 2백 리 험한 뱃길을 만들어 그곳의 아름답고 소중한 참맛을 알게 한다.

내 손에 맞는 칼

쌍둥이 칼을 선물 받았다. 꼬부라진 손잡이며 서늘한 은빛 몸매가 날렵하다. 장독에 쓱쓱 문질러 쓰던 무쇠 칼날과는 두께부터 다르다.

그 날렵한 맛을 당장 시험해보고 싶었다. 도마 위에 생닭을 엎어 놓고 닭 껍질을 살살 벗기니 칼 맛이 연한 배다. 칼춤이 정점에 다다랐을 때 왼쪽 손가락에 서늘한 기운이 들었다. 얇은 칼날이 살 속에 깊이 들었지만 통증이 없었다. 개수대에 던져진 피 묻은 칼이 섬뜩했다. 뿜어 나오는 피가 큰 수건을 다 적시고서야 지혈이 되었다. 과욕이었다. 내 손에 맞지 않는 명품이었다.

날 선 칼날은 범접할 수 없는 거리감이 있다. 어느 한 군데 나무랄

수 없는 완벽함, 꼿꼿이 세운 칼등은 서릿발이 선다. 주방 칼꽂이에 식칼이 서너 개 있다. 용도가 다 다르다. 그중에도 손에 잘 맞는 편안한 친구 같은 칼이 있다. 나와 이십년지기이다.

새 아파트에 입주했을 때다. 아침 설거지를 막 끝낼 무렵 실내 방송이 나왔다. 기업 홍보 차원으로 입주자들에게 주방 칼을 선물로 준다고 했다. 공짜는 사람을 욕심나게 한다. 젖은 손을 앞치마에 대충 문지르고 달려 나갔다. 마음은 벌써 숫돌에 문지르는 무쇠 칼을 버리고 스테인리스 새 칼로 요리를 하고 있었다. 자동차는 온통 기업 홍보로 들썩이고 사람을 동원하는 방송을 한참이나 했다.

갑자기 염소 엑기스 홍보에 열을 올렸다. 가끔 칼을 들어 올려 탁월한 성능을 보이기도 했다. 정오 햇살이 정수리를 치며 어리석음을 나무랐다. 기다린 시간의 오기와 자존심이 번갈아 지나갔다. 그 시간을 보상이라도 받듯 묵직한 칼은 겨우 내 손에 들어왔다. 공짜 칼은 내 분풀이로 포장을 풀지도 못한 채 서랍에서 오래 지냈다.

아이들 소풍날 김밥이 곱게 썰리지 않았다. 서랍 깊숙이 들어 있던 칼 포장을 풀었다. 세월이 지나도 녹슬지 않았다. 보란 듯이 김밥 등줄기를 매끄럽게 뉘며 재주를 부렸다. 자세히 보니 뭉툭한 모양이 쓰임새를 다 갖추고 있다.

칼끝도 날카롭지 않고 점잖은 모양이다. 칼날에도 여러 개의 구멍이 있어 야채가 겹치지 않게 썰리고 칼자루에 마늘 다지기까지 다부지게 박혀있다. 도마질이 살짝 빗나가도 칼날만 기우뚱할 뿐 손가락을 비켜나간다. 설사 바닥에 떨어져도 날 선 칼처럼 바로 꽂히지 않고 두툼한 무게에 옆으로 누워 떨어진다. 지난 그 시간을 새삼 고마워하며 간사해진다. 손에 맞는 것이 명품이란 걸 겨우 깨우쳤다.

이십년지기 칼은 한 번도 내게 생채기를 내지 않았다. 두툼한 칼날은 닭뼈 정도는 편안하게 끊어낸다. 흠이라면 소리가 시끄럽다. 목소리가 크고 사람을 가리지 않는 나를 닮았다.

나는 감당하지 못할 일에 흔들리면 날 선 칼이 된다. 날 선 마음은 흑백 논리가 분명해져 상대에게 상처를 내기도 한다. 그 마음은 잠시다. 마음 한편에는 무디어진 마음이 있어 서로 다독이며 살아간다.

주방에 날 선 칼과 무딘 칼날이 친구처럼 지낸다. 그들은 쓰임에 따라 도마 위에서 몸을 바꾸어 간다.

신문지의 쓰임에 대하여

신문지는 부담 없는 포장지다. 가을
무를 신문지에 말아서 보관하면 겨우내 싱싱하게 먹을 수 있다. 헌
신문은 시골에 보내면 불쏘시개로 사용하거나 밭고랑에 깔아 가뭄
을 막아준다. 신문지 한 장이면 야외에서 밥상으로 쓰기도 좋고, 햇
빛 가리는 모자로도 쓰인다. 볏짚이 없는 도시에서는 장독 안에 신
문지를 태워 장을 담그기도 한다.

또한 신문지는 추운 겨울 노숙자들의 찬 밤을 데우기도 한다. 신
문을 읽어서 무료한 시간을 메우고 이불로 덮을 수 있어 더할 나위
없는 친구이다. 신문지는 지친 몸을 덮어주는 고마운 기름종이다.

신문이 귀할 때가 있었다. 시골 마을은 이장 집이 그나마 정보통

이었다. 나는 이장 집 신문을 하루 지나면 우리 집에 가져왔다. 신문지를 안고 오면 싸한 인쇄 냄새가 좋았다. 걸어오면서 읽다가 길바닥에 넘어지기도 했다. 시골에는 활자로 된 책이나 신문을 구하기 힘들었다. 어린 나는 고바우 만화 코너가 기사 전체를 축약하는 것인 줄도 모르고 흥미롭기만 했다.

신문지로 벽지를 바르기도 했다. 신문지 바른 방에 누우면 천장에서부터 서까래 골골이 걸린 큰 활자를 읽어 내리느라 밤이 깊었다. 연예인 기사가 가장 흥미로웠다. 내가 좋아하는 배우를 보면 밤새 설렜다. 잠자리에 누워 온방에 기사를 다 읽느라 늦잠이 들곤했다.

모아둔 신문지를 땔감으로 무청 시래기 한 솥을 삶아냈다. 종이라고 무시할 수 없었다. 인쇄종이라 여느 종이와는 불땀이 달랐다. 겹겹이 접힌 신문지는 부지깽이로 휘저으며 태워야 고루 탔다. 불길 속에 화형 되는 인물과 글자들을 바라보면서 사라져가는 것들에 대해서 잠시 고민해보았다. 세찬 장작불이나 신문지의 부드러운 불길도 결국은 재로 돌아가는 것이었다. 싱겁게도 신문을 태우면서 내 삶을 돌아보았다.

우리 동네에도 폐지 줍는 할머니가 있다. 폐지 중에 신문이 엄청많았다. 새벽부터 나와 신문을 수거했다. 나도 미처 시골에 못 가면

224

모아둔 신문을 내놓곤 했다. 읽고 버린 종이가 어떤 이에게는 생계에 보탬이 되고 삶의 희망이기도 한다. 할머니는 감사의 표시로 음식물쓰레기 함을 물걸레로 매일 깨끗하게 닦았다.

요즘 수거함에 신문 양이 줄어들었다. 리어카에 신문이 바닥 정도로 깔리면서 할머니의 수심이 깊어진다. 그나마 늘어난 택배 박스로 리어카를 채운다. 묵은 신문지 한 부라도 드리면 늘 웃는 인사를 한다. 그것이 할머니의 소일거리이고 삶의 낙이다.

인터넷이 신문 자리를 차지한 지 오래되었다. 나도 실시간으로 올라오는 인터넷 기사를 선호했다. 9시 뉴스나 조간신문보다 빠른 정보에 익숙해졌다. 망설이다 신문을 끊었다. 아침마다 앞집 눈치를 보며 어수선한 모습으로 신문을 들여놓지 않아도 되고, 날마다 쌓이는 신문 자리를 정리해서 좋았다. 다달이 나가는 신문 대금으로 우유를 한 통씩 들여놓았다.

그런데 뭔가 허전하기 시작했다. 인터넷 기사는 화려한 밥상에 맛을 음미하지 못하는 기분이었다. 활자로 읽는 맛이 다르다는 걸 알았다. 신문을 펼치면 기삿거리가 한눈에 들어오지만 인터넷은 조각 퍼즐처럼 나누어져 눈이 시리다. 신문으로 읽으면 나름대로 사회의 일견을 정리하곤 했다. 또 인터넷 뉴스에 없는 장르는 복잡한 하루를 쉬어가게 한다. 인터넷 정보는 건성건성 넘어간다. 다양한 정보가 홍수처럼 쏟아져 눈을 오래 둘 수가 없다. 핑계일 수 있지만, 나이 탓으로 돌린다.

당장 김을 구우려 해도 그 흔한 신문지 한 장이 없어 새 달력을 찢는다. 명절에 전거리를 덮으려 해도 얇고 가벼운 신문지만 한 게 없다. 생각 없이 가져다 쓰던 신문지 한 장이 아쉬웠다. 신문은 세상 돌아가는 이야기를 알려주기도 하지만 제 몫을 다하고도 할 일이 많았다.

신문을 들여놓지 말라고 냉정하게 말했던 것이 후회된다. 그들은 신문을 좀처럼 끊어주질 않는다. 신문을 바꾸어도 신문이 계속 들어와 곤욕을 치렀다. 제법 차가운 사람처럼 굴었다. 그래야만 그들이 인정해주니까.

현관 앞에 신문이 다시 들어온다. 고맙다고 지방지 한 부까지 덤으로 넣어준다. 오랜만에 크게 펼쳐 들고 기사를 천천히 읽어 내린다. 사설 면과 칼럼 등 쉬어가는 장르를 읽으면서 숨통이 열린다. 신문지에서 나는 인쇄 냄새에 한참이나 코를 박았다. 오래 사귀었던 친구가 다시 돌아온 것처럼. 하루하루 쌓여가는 신문지를 모으려 헌 신문을 놓던 자리를 다시 만들었다.

검둥이

"껌둥아, 배고플 낀데."

어머니는 검둥이를 종일 불렀다. 까만 삽살개 강아지를 어머니에게 안겨드렸더니 "껌둥이구나." 해서 붙여진 이름이다.

내 몸 건사도 힘들다며 손사래를 치던 어머니가 강아지와 사나흘 지내더니 금방 친해졌다. 밥상머리에 앉은 녀석이 구운 꽁치 냄새에 코를 실룩거리며 젓가락을 따라갔다. 살을 듬뿍 붙인 꽁치 뼈를 검둥이에게 먹이는 어머니 얼굴이 환했다. 녀석은 생선뼈라면 닥치는 대로 씹어 삼키고 멸치 한 포는 한 달 만에 뚝딱 해치웠다.

딸네 집에 들러도 검둥이 밥 굶길까 서둘러 갔다. 검둥이는 어머니 걸음걸음을 따라 밟으며 나보다 정을 더 냈다. 까치 몰이를 즐기던 녀석이 고라니 덫에 걸려 앞발에 피를 흘리며 집으로 왔다. 놀란 어머니가 덫을 풀고 상처를 살폈다.

"껌둥아, 많이 아팠제."

아기처럼 안아주었다. 녀석도 안심이 되는지 낑낑 소리가 작아졌다. 안방에 들여놓고 약을 바르고 붕대를 감으며 지극정성으로 치료했다. 그 후로 녀석은 어머니 치맛자락을 물고 늘어지며 어리광을 부렸다.

검둥이는 어머니 신발만 보면 깔고 앉았다. 내가 빼앗으면 으르렁하며 송곳니를 드러냈다. 어머니는 녀석 앞에 멸치를 한 움큼 던지고 신발을 신었다. 어머니가 심란해 보이면 어리광을 부리고 일이 바쁘면 멀리서 기다렸다. 검둥이에게 사랑을 쏟던 어머니의 기력이 점점 쇠해졌다.

토종닭에 오가피를 넣어 고았더니 어머니는 달게 드셨다. 생선뼈만 좋아하던 검둥이가 닭고기에 코를 킁킁거렸다. 내가 텃밭으로 닭뼈를 던지니 바람처럼 물고 마루 밑으로 들어가 버렸다.

"닭뼈는 먹으면 안 된데이."

어머니가 마루 밑을 살폈다. 육류는 안 먹는 검둥이다. 뼈로 장난치는 소리만 달그락거렸다.

어느 날부터 검둥이가 짖지도 설치지도 않았다. 밥에 물기만 빨아 먹고 목을 빼고 시무룩해 하였다. 녀석이 좋아하는 꽁치 죽을 떠 먹여도 냄새만 맡았다. 어머니 치마 끝을 물고 빙글빙글 돌기만 하였다. 어머니는 얇아진 검둥이 등을 쓰다듬으며 내일은 병원에 가 보자고 달랬다.

다음 날 아침 검둥이가 사라졌다. 어머니는 쥐약을 먹었나, 덫에 걸렸나, 죽었어도 내 손으로 거두어야 한다며 온 동네를 뒤지고 다녔다. 대문 밖에서 컹컹, 소리만 나면 밤중에라도 뛰어나갔다. 끝내 검둥이는 돌아오지 않았다.

언제부턴가 부엌에 불탄 냄비와 냉장고에 생오징어가 쌓였다. 어머니가 좋아하는 음식이었다. 오징어 국과 두부조림을 해 드리면 언제 사 왔냐며 반갑게 드셨다. 어머니와 가까이 살지 않아 작은 일상까지는 알 수 없었다. 어머니에게 여러 검진을 거친 의사는 치매의 초기증세란다. 사랑이 가장 좋은 약이고 치료는 진행을 지연하는 정도란다. 어머니를 내 집으로 모시고 온 날부터 '검둥아.' 메아리가 밤낮으로 울렸다. 검둥이를 찾아 밥을 먹었다고 아무리 이야기해도 막무가내였다.

어머니 집에 가서 아래채 헛간 방 정리를 한다. 주인 손길을 놓친 옥수수 씨앗이 해를 지나 벌레를 먹고 쪽파, 상추, 채소, 씨앗들도 쭉정이가 되었다. 어머니가 수없이 여닫던 파란 찬장을 내다 놓으려고 아랫단 미닫이를 밀었다.

　맙소사, 검둥이가 자는 듯 웅크리고 있다. 굶고 굶어 제 몸을 종이처럼 말렸다. 검둥아, 슬픔을 들어 올리는데 녀석의 가슴팍에서 툭, 떨어지는 하얀 고무신 한 짝, 까만 털만 남은 검둥이는 이미 미라가 되었다.

별

사방이 캄캄한 숲속이다. 날짐승,
풀벌레 소리에 끌려 마당으로 나간다. 한바탕 유희가 지나간 캠
프파이어 자리에서 밤하늘을 올려다본다. 손을 뻗치면 잡힐 듯
찬란한 별 무리가 쏟아진다. 무한하게 진동하는 우주 속에 들어
온 기분이다.

칠보산 통나무집에 하루를 묵으며 여름밤을 즐긴다. 목이 아프
도록 하늘을 올려다보며 아름다운 별빛을 따라간다. 풀벌레 소
리가 고요를 더 한다. 오랜만에 밤의 정취에 빠져 지난 시간을 그
린다.

한여름 밤이면 별을 세었다. 보이고 들리는 모두가 음악이고 그

림이었다. 초가 능선에 달이 걸리고, 모깃불 태우는 쑥 향, 찰싹찰싹 모기 쫓는 소꼬리 소리, 무논에는 개구리 합창까지, 전원의 배경 위로 펼쳐지는 별빛 향연은 어린 감성을 흔들었다. 은하수에 견우와 직녀를 기다리고 밥주걱 닮은 북두칠성 일곱 자리를 세고, 혜성처럼 떨어지는 별을 따라 '별 하나 나 하나'를 외치며 강냉이 한 자루를 다 먹었다. 내 나이도 별빛을 세며 자랐다.

가끔 새벽하늘에 빠져들 때가 있다. 샛별을 만나면 옛 친구처럼 반갑다. 하현달과 같이 나타나면 더욱 정답다. 청빛 하늘에 오롯이 떠 있는 샛별은 멀지만 가까이 느껴진다. 별밤 노래를 같이 즐겨 불렀던 숙이를 닮았다. 어느 날 이사를 가버린 친구. 동이 트면 사라지는 샛별처럼 내게 그리움이 묻은 별이다.

중학교는 산길 십 리를 가야 했다. 학교 과외 시간이 늦어지면 친구들과 밤길을 걸었다. 북두칠성이 나침판이었다. 민둥산 묘지를 지나면 가슴이 쿵덕거리지만 아리랑 고개에 올라서면 무서움이 가셨다. 머리 위로 펼쳐지는 은하수를 보면 '푸른 하늘 은하수' 노래가 저절로 나왔다. 친구들과 별밤을 걷던 추억들이다.

내게도 별 같은 아이들이 있다. 작은 별들이 자라서 내 곁을 밝게 비추고 있다. 아이들 울타리가 되었던 내가 도로 사랑을 받는다. 아이들 온기는 따뜻한 빛이 되었다. 반짝이는 빛은 생기나는 아름다운 존재다. 오죽하면 별 같은 사랑이란 노래들이 많을까.

북두칠성이 점점 기울어지고 밤공기가 서늘해진다. 날짐승 소리
도 잦아든다. 일곱 가지 보물이 숨었다는 칠보산에서 내가 가진 별
들의 추억과 밤하늘의 별을 세었다.

5
배롱꽃

배롱꽃 | 골드고객 박봉자 | 남남 | 엘리제를 위하여

배롱꽃

서원 마당에 꽃물이 흠뻑 든다. 간지럼에 뛰어내린 붉은 여름이 온 마당에 깔깔거린다. 만대루가 무너지도록 기웃대는 파안, 백일 동안 몸푼 자리마다 질펀하다. 꽃 덤불 쓴 맨살이 부끄러워 몸을 비튼다. 성애도 붉도록 부끄러운 시절이 있었다.

첫선 보는 날, 범어 다방 앞에는 배롱꽃이 한창 흐드러졌다. 타지에서 오는 남자가 저녁 약속 시각에 늦었다. 맞선은 양가 어른들도 같이하는 자리였다. 성애는 꽃무늬 원피스에 쏟아지는 어른들의 시선을 피하려 창밖 배롱 꽃잎만 하나, 둘 세었다. 수은등 아래 천천히 떨어지는 꽃잎이 다가올 남자의 발걸음처럼 느려보였다. 온통 가시

방석이었다. 성애는 남자 어머니가 "자리가 넓은데 안으로 들여 앉아요." 하며 가볍게 권했지만 목례로만 답을 했다.

화장실에 가는 척 나가버릴까 싶을 때, 한 남자가 성큼 들어섰다. 감색 양복에 체크무늬 넥타이를 맨 끌밋한 모습이었다. 그가 서두름 없이 어른들에게 깍듯이 인사를 올리자 양가 부모님이 다른 자리로 멀찌감치 물러앉았다. 성애와 그 남자 사이에 서먹함이 잠시 흘렀다.

"늦어서 죄송합니다. 경부선이라 차량 정체가 심하더군요. 제가 약속은 잘 지키는 편입니다만 오늘은 마음만 바빴습니다."

단정한 언행이 솔깃했다. 그는 담배 한 모금을 깊게 빨아들이며 숨을 고르는지 천장을 올려다보았다. 짙은 눈썹이 눈에 들어왔다. 성애 눈길도 덩달아 뽀얀 담배 연기를 따라 올랐다.

그 남자는 급하게 달려와 말머리를 궁리하는지 잠잠했다. 숫기 없는 성애가 먼저 말을 걸기도 민망스러웠다. 성애는 침 넘어가는 소리를 감추느라 고개를 숙이는데 탁자 위에 올린 그 남자 주먹이 탄탄해 보였다. 유난히 툭 불거져 가운뎃손가락 마디에 힘이 들어 있었다. 천장을 향한 그이의 목젖이 꿈틀거렸다.

어른들 쪽에서 조카 석이가 달려와 안겼다. 잔잔한 호수에 잉어 한 마리가 첨벙거리듯 물살을 흔들었다. 석이는 설탕 그릇에 다섯 손가락을 다 집어넣어 단맛을 빨아 먹으며 해죽거렸다. 성애와 남자의 눈이 마주치며 웃었다. 남자는 석이를 덥석 안아 올려 손을 닦아주며 꼭 껴안았다. 석이가 앙탈을 부리며 쪼르르 달아나고 물살이 다시 고요해졌다.

눈으로 다방 안을 한 바퀴 둘러보는데 성애 언니가 멀리서 가벼운 손짓을 보냈다. 무슨 뜻일까, 첫선이라 어떻게 할지 모르던 차다. 오라, 첫선 자리에는 오래 있는 것이 아닌가. 살며시 몸을 일으켜 "실례하겠습니다." 하고 일어나니 그 남자는 놀란 듯 주춤하다 도로 앉았다. 돌아서는 순간 아뿔싸, 통성명도 안 했는데. 성애는 도로 앉기는 쑥스러웠다.

다방을 나오자 밤 배롱꽃이 눈부셨다. 가슴이 뻥 뚫리는데 성애 언니가 왜 벌써 나왔느냐며 도끼눈을 떴다. 나오라는 손짓인 줄 알았다니 언니는 털썩 주저앉을 안색이었다. 어른들에게 성애 실수를 변명하는 뒷모습이 화끈거려 꽃그늘에 숨었다. 서성이는 등 뒤에서,

"다방이 답답했습니까?"

중저음 목소리가 들렸다. 화들짝 놀라 돌아서니 그 남자가 앞에서 웃고 있었다. 훤칠한 키에 시원한 인상이 강하게 안겼다.

"밤에 핀 꽃이 곱군요. 무슨 꽃인가요?"

황당한 기분을 누르는 듯 약간 상기된 얼굴이다.

"고향에서는 송아지꽃이라 불러요."

성애 입가에 저절로 미소가 번졌다.

"송아지꽃, 기억할게요. 혹 제게 궁금하신 것은 없습니까?"

"죄송해요, 낯선 남자와 마주 앉으면 거북해서요."

"하하 제가 너무 험상궂었나요? 좋은 밤입니다. 안녕히 가십시오."

그는 배롱나무가 흔들리도록 큰 웃음을 남기고 성큼성큼 멀어졌다. 환희는 그렇게 짧게 지나갔다. 적당한 시간에 일어서라는 언니 손짓을 넘치게 받은 민망하던 시간이었다. 가끔 배롱나무 아래 큼직한 웃음소리가 들리면 괜스레 붉어졌다.

배롱나무가 찬 바람에 옷을 벗을 때쯤 부끄러운 시간도 무디어졌다. 성애가 부모님이 정한 혼처로 마음을 정할 즈음이었다. 전화 한 통이 울렸다. 여름날 중매한 외사촌 언니였다. 그 남자가 성애 집을 찾아오려 안내를 부탁한다고. '안 돼' 하면서도 전화기 든 손이 떨렸다. 그 남자가 바위처럼 꿈쩍 않고 성애를 만나겠다는 말이 달갑게 들려 전화를 끊었다.

오후 늦게 성애 외사촌 언니가 급하게 들어섰다. 그 남자가 대문 밖에서 기다리고 있다고. 쿵덕거리는 심장 소리에 귀가 얼얼했다. 배짱으로 밀어붙이는 간 큰 남자였다. 황당한 어머니는 집안에 들인 사람을 내치지 못했다. 두 번째 만남에서는 그 남자 얼굴이 제대로 보였다. 초췌한 얼굴에 강단 있는 눈빛으로 대뜸 "그날 송아지꽃보다 더 아름다웠어요." 진지한 말투에 성애는 달아오르는 볼이 뜨거웠다. 그는 바닷바람을 맞아도 그 열기가 식지 않았단다.

우편함에 그의 편지가 바쁘도록 담겼지만 성애는 답장을 보내지 않았다. 이미 혼처가 정해질 때쯤이라 그 남자에게 마음을 둘 수 없었다. 부모님은 조건이 좋은 남자와 성애가 결혼하기를 원했다. 첫선 본 남자와 좋은 느낌이 오갔지만 공백이 길었다.

성애는 진정 쓰고 싶은 글은 꾹꾹 눌러 묻고 한 통의 편지만 보냈다. '우리는 인연이 아니었나 봅니다.' 한 문장이었다. 그가 보낸 마지막 편지는 아홉 장이었다. 설익은 감정은 오래도록 남았다.

어릴 적부터 배롱꽃을 좋아하던 성애다. 언덕에 하늘하늘 덤불지던 분홍 꽃, 송아지 털처럼 부드럽고 포근해서 한 아름 안으면 가슴에 뭉게구름이 피었다. 여남은 살 계집아이가 왜 그리 설렜는지. 아직도 마음 한 귀퉁이에 세월을 비껴가는 아이가 사는 탓일까. 늦여름이면 배롱꽃을 찾는 이순의 소녀다.

첫선, 부끄럽고 허둥대던 강렬한 시간이 아쉬움으로 남는다. 다시 그 시간으로 돌아가고 싶다는 부질없는 생각을 털어낸다. 손빗으로 쓸어 올린 희끗희끗한 성애 머리칼에 분홍 물이 든다. 홀가분하게 혼자 떠나온 여행. 서원을 한 바퀴 돌아 고목 배롱나무 곁에 서성인다. 배롱나무는 나이가 들수록 우아하게 익어간다. 꽃나무 곁에서 성애도 나이를 찰칵, 기록한다.

무르익은 꽃밭에 한바탕 바람이 일어 만개한 꽃잎을 화르르 날린다. 건너편에서 곱슬머리 아기가 꽃잎을 따라잡으려다 뒤뚱 넘어져 울음을 터트린다. 성애가 아기를 덥석 안아 올리니. 초로의 할아버지가 받아 안으며,

"이런, 고맙습니다. 혁아, 송아지꽃이 날아 가버렸어?"

돌아서다 멈칫, 성애를 바라보는 눈빛이 아련한 듯 서늘하다. 저 짙은 눈썹, 한 번은 본 듯한 낯익은 얼굴이다.

골드고객 박봉자

"3개월 한정판 특가 상품입니다. 매달 수익률 17%로 보고요. 단 주가지수가 50% 이상 다운되지 않으면 원금보장이 되는 상품이에요."

"만약 50% 이하로 내리면 어떻게 되나요?"

"네, 우량기업은 하락이 거의 없고 그렇더라도 바로 회복하지요. 50%까지 설정한 것은 그만큼 99% 안정성을 보장한다는 뜻입니다. 그래서 골드고객님에게 전화를 먼저 드리고 방문하시면 권합니다."

봉자는 팀장 죽자 말에 솔깃했다. '지금까지 추세라면 우수기업은 진폭이 크게 없었는데 3개월만 투자하고 빠지면 되겠지' 그러잖아도 26살 아들이 가을에 동갑내기와 결혼을 서두르고 있어 봉자는 만만찮은 결혼 비용에 손톱여물을 썰던 중이었다. 혼수를 손주로 받아야 할 형편이라 미룰 수도 없었다. 석 달 후에 높은 수익으로 결혼 비용에 부담을 덜 수 있다면야.

"3일 동안만 접수하는 한정판이라 첫날에 매진이 다 되겠네요."

팀장 죽자가 망설이는 봉자의 고삐를 슬쩍 당겼다.

"설마, 3개월 만에 큰 변수가 생기지는 않겠죠?"

주식 상황을 오래 지켜보았을 팀장에게 한 번 더 믿음을 가지고 싶었다.

"그럼요, 우리나라가 존재하는 이상 안전합니다."

이 얼마나 믿을 만한 말인가. 봉자가 마음을 굳히자,

"생각 참 잘하셨어요. 이런 좋은 기회는 놓치기 아깝죠."

팀장은 상품 동의서와 펜을 봉자 앞에 얼른 내밀었다. 봉자는 우량기업 상품으로 투자 방향을 정하고 동의서에 빈칸을 채워나갔다. '○○○ 상품 투자 설명을 들었습니다' 등등 고객이 설명을 듣고 스스로 결정을 해서 투자를 하는 것, 주식의 하락에 대해서 회사에 책임을 묻지 말라는 등 증권사에 유리한 조건만 내세운 사항들이었다. 처음에는 글자 한 획 그을 때마다 떨렸지만 이제는 그런 문구 정도는 술술 외울 정도로 적어 내려갔다. 박봉자, 박봉자 사인을 수없이 휘갈기고 끝냈다.

봉자는 은행 예금만 충실히 하는 안전 제일주의자였다. 그러나 대학을 간 아이들 학비와 어른들 병원비까지 목돈이 슬슬 나가기 시작했다. 봉자는 돈 굴리는 방법을 생각하다 친구들이 다 한다는 수익성 높은 주식투자에 마음을 내보았다. 직접 투자는 위험해도 증권회사를 통한 간접투자는 안정성이 있다고 들었다.

가장 튼튼하다는 희망 증권회사를 찾아갔다. 봉자는 벌건 전광판 앞에 실시간 주식 시세를 예리한 눈빛으로 간파하는 사람들이 낯설었다. 나만 우물 안 개구리였구나. 봉자는 창구 상담보다 지점장의 안목 있는 설명이 듣고 싶었다. 말쑥한 지점장은 소액투자를 상담하는 봉자에게 기본 주식 상식과 전체 근황을 그래프를 보여주며 한 시간 동안 성의 있게 설명해주었다. 봉자에게는 복잡 미묘한 이야기들이라 대충 알아듣는 척 고개만 끄떡거렸다. 그리고 최고의 실적을 올리는 실무담당 팀장인 안죽자 씨를 불러 인사를 시켰다. 아담한 몸집의 40대 여자 팀장이었다.

"안녕하세요. 팀장 안죽자입니다. 앞으로 제가 고객님 자산을 정성껏 관리해드리겠습니다."

깔끔한 매너로 악수를 청하는 팀장에게,

"네, 잘 부탁합니다." 봉자는 엉거주춤 대답했다.

그녀는 적당한 친절과 조용한 언행으로 고객을 편안하게 대했다.

봉자는 처음부터 안정성 높은 상품에만 투자를 원했다. 그녀는 불안한 투자가 높은 수익을 낸다며 가끔 권하기도 했다. 그럴 때마다 봉자는 고개를 절레절레 흔들었기에 그녀는 봉자 형편에 따라 맞춤형 관리를 해주었다. 봉자는 주식 근황도 익힐 겸 죽자에게 자주 들러 가깝게 지내는 사이가 되었다.

팀장 죽자 앞에는 늘 순서를 기다리는 고객들이 있었다.

"그동안 잘 지내셨어요?"

그녀는 실눈 미소를 띠며 담담한 말투로 고객을 맞았다. 새 상품이 출시되면 누구에게라도 아주 쉽게 설명하고 투자의 높은 수익을 내는 방법을 다양하게 다루었다. 그녀에게는 어떤 투자라도 맡기면 위기를 피할 것 같은 신뢰감이 몸에 배어있었다. 봉자는 천 단위 자산이지만 팀장이 밀착관리를 해주어 통장에 수익이 꾸준히 나오자 은행에 맡긴 푼돈도 조금씩 불러들였다. 그러나 죽자가 매번 재투자를 권하는 바람에 입출금통장으로 돈이 들어온 적은 없었다.

가끔 친구 정희가 근황을 물어왔다. 그녀는 소액투자로 주식시장을 즐기는 편이었다.

"봉자야, 너 주식에 절대 몰빵하지 마. 간접투자라고 안심하면 안 돼. 잘못하면 한 방에 다 날려. 개미군단은 취미 삼아 여윳돈으로 푼돈만 즐기면 돼."

봉자는 소액투자에 갈증을 내면서도 큰 투자는 망설였다. 그런데 이번 상품은 단기형에 높은 수익률로 파격적이었다. 석 달만 기다리고 과감하게 끝낼 거라고 단단히 다짐한 터였다. 혹 정희가 말릴까 봐 말하지도 않았다. 봉자 마음에 희망과 불안이 서로 교차했다. 그리고 두 달이 다 되어갈 무렵 정희한테서 다급한 전화가 왔다.

"봉자야, 너 희망 증권에 큰 투자는 안 했지?"

"으응, 왜 그래?"

"지금 그 증권회사 완전히 부도나버렸어!"

"뭐?"

말문이 막히고 머리가 하얗게 비어버렸다. 인터넷에 희망 증권회사 부도설이 난리가 났다. 택시를 타고 죽자에게 달려갔다. 빌딩 엘리베이터를 기다릴 여유가 없었다. 4층까지 넘어지며 뛰어오르다 쓰러졌다. 몰려오는 사람들이 봉자 옷을 밟고 지나갔다. 죽자 책상 앞에는 사람들이 빼곡히 둘러서 있었다. 죽자는 벌겋게 달려드는 사람들의 고함에 꼼짝도 하지 않았다. 몇 마디 이야기하려다 욕설이 날아오자 입을 다물었다. 사람들이 제풀에 지쳐 물러나고 봉자가 팀장 앞에 앉았다.

"당신, 이런 낌새를 전혀 몰랐다는 말이에요?"

"네."

죽자는 낯선 사람처럼 단답형으로만 말했다.

"결혼 비용이라고 그만큼 말했는데 나한테 권하지 말았어야죠."

그녀는 봉자한데 따뜻한 위로 한마디 없었다. 잡아먹을 듯 달려드는 사람들과 얼굴색 하나 변하지 않고 한 달을 버티었다. 사주받은 인간, 얼마나 받아 처먹었느냐 등 갖은 욕설을 퍼부어도 묵묵히 받아냈다. 골드고객에게만 특혜를 주는 한정판이라더니 그녀의 권유로 투자한 사람들이 구름처럼 몰려왔다. 회사가 어려워지니까 가상 상품을 내놓고 서민들 주머니를 털어 고의적 부도를 냈다고들 했다.

봉자는 증권사에 당한 투자자들이 본사 사옥 앞에서 강력한 데모를 하고 언론에도 신랄하게 퍼붓는 장면을 보며 다른 나라의 일이기를 바라고 싶었다. 증권회사 회장이 무너진 듯 불쌍한 연극을 꾸미고 여러 번 화면에 나타났다. 그러고도 한참 후에 금융감독원이 뒤늦게 조사를 시작했다. 개인투자자에게 최대한 보상을 해보겠다고 봉자에게도 연락이 왔다. 상품마다 다르지만 3년에서 5년까지 마무리를 하겠다고 메일로 문자로 선심 쓰는 듯 알렸다. 봉자에게는 거액의 투자가 수익률은 고사하고 원금까지 시궁창으로 곤두박질쳤다. 봉자 통장에 투자액의 5%가 개미 똥 싸듯 찔끔찔끔 찍힐 것이다.

회사는 장소를 옮겨 새바람 증권이라는 이름으로 부활하고 전 직원을 물갈이했다. 봉자는 새바람 증권에 들를 때마다 가슴을 쥐어

뜯고 싶었다. 죽자는 봉자에게 전화 한마디의 위로도 없이 사라져
버렸다.

새바람 증권 사무실 문을 열었다. 창구에 낯선 얼굴들이,

"어서 오세요, 고객님."

봉자는 대답 대신 통장을 내밀었다. 통장을 정리하던 직원이,

"이제 회사가 마지막으로 드릴 수 있는 금액입니다.

그녀가 말꼬리를 흐렸다.

"고객님, 부장님 방으로 안내해드릴게요. 고객님이 오시면 방으
로 모시라고 했습니다."

무슨 일일까. 죽자가 마지막 양심을 봉자에게 두고 떠났을까. 그
녀의 안내로 방에 따라 들어갔다. 부장이라는 여자가 급하게 일어
서면서,

"박봉자님, 안녕하세요. 그동안 마음고생 많으셨지요."

이런, 팀장 죽자가 아닌가. 실눈이 쌍꺼풀눈으로 커지고 몸매도
날씬해졌다. 지독하게 견디더니 살아남았구나.

"제가 경황이 없어서 전화도 못 드렸습니다. 차 한 잔 드릴게요.
긴히 전해드릴 이야기가 있어서요."

죽자는 거리낌 없이 인사를 했다. 봉자는 울컥 올라오는 부아를 잠
시 내려놓았다. 죽자는 승진해서 개인 방까지 가지는 호사를 누리며

상냥하게 달라졌다. '그래, 윗놈들 탓이지 팀장 탓이랴. 그동안 속상했던 일들이나 분풀이 삼아 좀 떠들고 가자.' 이왕 저질러진 마당에 못 할 말이 있을까. 죽자가 봉자의 쓰린 마음을 달래줄 것 같았다.

"네, 그동안 사는 게 아니었는데 긴한 이야기 한번 들어볼까요? 투자자는 망해도 기업은 부활하는군요."

봉자가 울화를 누르고 말하려 해도 부드럽게 말이 나오지 않았다.

"그렇지만 회사 인지도가 낮아져서 회복하기 힘들어요."

죽자는 봉자에게 레몬차를 권하며 날씨 이야기에서 화제를 바꾸려고 머뭇거렸다. 이제 속마음을 털어놓고 그동안의 전후 사정을 이야기하려나. 봉자는 잠시 눈을 감고 괴로웠던 마음을 정리했다.

제 발등을 으스러지게 찍었던 그 시간은 죽음이었다. 알토란처럼 보듬던 통장들을 몽땅 비어버리고 너무나 견디기 힘들었던 봉자였다. 돈 때문에 자살한다는 사람을 어리석다고 함부로 말했던 자신이 얼마나 부끄러웠던지. 그 지독한 순간순간을 어떻게 건너왔는지.

죽자가 직원을 부르더니 봉투를 가져왔다.

"저 선물 같은 것은 필요 없어요. 이제 모든 게 짐스러워요."

봉자는 주방세제니 치약 같은 선물을 가끔 받았지만 이제는 회사 선물도 보기 싫어 먼저 선수를 쳤다. 죽자가 봉투를 열려다 도로 닫았다.

"죽자 씨, 지난 이야기나 해 봅시다."

봉자가 기다리다 먼저 본론으로 들어갔다.

"네 그래요. 박봉자 님 일은 가슴 아팠어요. 그래서 조금이라도 힘든 마음을 회복해드리고 싶었어요."

그럼 그렇지. 봉자와 남다른 사이였는데 무심했을 리가 없지. 죽자고 죽자를 원망했던 생각이 누그러졌다. 봉자가 침을 삼키며 기다렸다. 그녀가 다짐한 듯,

"박봉자 님, 제게 참 좋은 고객이었습니다. 그래서 기억에 오래 남았습니다. 다음에는 좋은 선물도 준비할게요."

죽자가 미안하듯 레몬차를 한참 음미하더니 그 봉투를 다시 펼쳤다.

"박봉자 님, 이 상품 한번 보실래요. 이번에 회사가 기업 인지도를 살릴 겸 야심차게 내놓은 특판입니다. 안정성과 수익성이 너무 좋아 반응이 엄청 뜨거워요."

"뭐야아?"

봉자가 기가 막혀 노려보는데도,

"그래서 제가 오랜 고객들만 만나서 상담하고 있습니다."

죽자는 계속 지껄여댔다.

"그만둬!"

봉자 입안에 고였던 레몬차가 분수처럼 뿜어져 나왔다. 의자를

뒤로 왈칵 밀치고 일어서는데 뜨거운 레몬차가 왈칵 쏟아졌다.

"이게 그 긴한 이야기였어? 그 알량한 양심도 버리고 싶어?"

"어머머, 고객님, 박봉자님, 왜 이러세요?"

죽자가 황당한 듯 물 묻은 원피스 앞자락을 탈탈 털어냈다.

"왜 이러느냐고? 정말 몰라서 그래? 썩은 회사에 살아남은 이유가 있었네."

문을 박차고 나오는 봉자 뒤로 '고객님 사랑합니다' 조롱하듯 음악이 흘렀다.

남남

진숙이가 펄펄 끓는 곰국을 식탁으로 옮기는데 쿵, 와르르 쾅쾅쾅. 집이 세차게 흔들렸다. 놓쳐버린 곰국 그릇이 바닥에 요란스러운 소리를 내며 깨졌다.

"벽 잡아라!"

남편 원국이 외마디 소리를 치며 마루 벽에 몸을 바짝 붙였다. 진숙이는 엉겁결에 부엌 장식장을 붙잡았다. 천장에 달린 샹들리에가 춤을 추며 사방으로 산산조각이 났다. 진숙은 얼굴로 날아오는 유리 조각을 피하려 비명을 지르며 마루로 기어 나와 엎드렸다. 남편 원국는 중심을 잡느라 돌아보지도 않고 벽이 되어 있었다.

남편과 한 팔 거리인데 한없이 멀어 보였다. 피 한 방울 섞이지 않은 탓인가. 상패가 돌멩이처럼 구르고 커다란 액자가 티브이를 치고 떨어져 내렸다. 육중한 통유리 창문이 제멋대로 열리고 닫혔다. 진숙이는 거친 진동에 휘둘리며 개미처럼 작아지고 있었다. 괴물은 '지익지익' 소리를 남기며 서서히 사라졌다.

누가 몽둥이로 한바탕 날린 듯 물건들이 제자리를 벗어나고 있었다. 놀란 고양이가 공중으로 뛰어 오르며 쏜살같이 안방 침대 뒤에서 얼어붙었다. 진숙이가 안아주니 깨물고 할퀴며 '하악'거렸다. 모두 제정신을 잃었다. 갑작스러운 충격에 온몸이 후들거리는데 '지잉~' 국민안전처에서 문자가 왔다. 5.6 지진이었다.

"많이 놀랐지?" 남편이 소파에 널브러져 있는 진숙을 걱정스레 들여다보았다.

"유리 파편 다 맞았으면 나 죽었을걸."

한숨 돌린 진숙이가 뾰족한 말투로 원국을 찌르듯이 말했다.

"처음 당하니까 경황이 없어서 그래. 다음에는 당신부터 먼저 챙겨야지."

유리를 밟은 발바닥이 따끔거려 원망이 저절로 나왔다. 집안을 수습하는 동안 낮은 여진이 이어졌다. 자동차가 아파트 밖으로 줄지어 나가고 실내 방송이 나왔다.

"주민들은 엘리베이터를 사용하지 마시고 계단을 이용해주세요."

심각하구나, 진숙이는 정수기에서 물병을 가득 채우고 집문서와 통장, 현금, 담요까지 가방에 챙겨 넣었다.

"우리도 어서 나가자."

진숙이가 독촉해도,

"먼저 내려가 있어."

원국은 무엇이 급한지 세면실에서 꾸물거렸다. 운동 삼아 가뿐하게 오르던 18층이 180층만큼 길었다. 어깨에 멘 고양이 가방에서 '야옹냐옹' 발톱으로 긁는 소리에 다급해진 진숙이는 뒤를 돌아보며,

"원국씨 어서 내려와."

중간중간 소리 질러도 복도만 울렸다. 양손에 무거운 짐을 번갈아 바꾸며 겨우 내려오니까,

"왜 이렇게 늦었어?"

원국 씨가 일층에 우뚝 서 있었다.

"지금 정신 나갔어?"

엘리베이터를 타고 내려온 간 큰 남자였다.

학교 운동장에 사람들이 갈팡질팡하고 있었다. 진숙이가 소중하다고 움켜잡고 살았던 뭇 생각들이 부질없다며 허공으로 날아갔다. 챙겨온 물을 마시는데 눈물이 핑 돌았다. 그 와중에 원국은 우유와 단팥빵을 사 들고 나타나,

"우선 든든하게 배를 채우자."

진숙에게 먹으라고 권했다. 원수는 진숙이가 뿌리친 빵을 혼자 먹었다.

다음날부터 언론이 떠들썩했다. 지진 대책보다 충격적인 장면을 퍼 나르기 바빴다. 금배지를 단 사람들이 지진 현장을 방문하고 최선을 다하겠다는 헛소리까지 화면에 다투어 비추어졌다. 최고의 기사거리가 된 포항지진은 엄청나게 부풀려져 사람이 살지 못할 땅이 되었다.

"수도권이 흔들렸으면 저럴까."

원국이 불퉁거리며 티브이를 꺼버렸다.

진숙이는 재난 가방을 만들어 현관 앞에 준비해 두고 낮 시간은 도서관에서 지냈다. 남달리 예민해진 진숙이는 여진이 올 때마다 원국에게 전화를 걸었다.

"또 왔어! 왔어!"

심약해진 진숙이는 기댈 곳이 남편뿐이었다.

"알았어, 곧 괜찮아질 거야, 지금 달려가고 있어."

여진에는 강한 남자다. 자영업을 하기에 가능한 일이지만 그때마다 다독여주는 원국 씨는 편안한 언덕이었다. 잠시나마 토라졌던 마음이 녹아내렸다.

지진에 힘들었던 마음을 벗어나고 싶어 원국과 단풍여행을 준비했다. 일상에서 벗어나는 해방감, 낯선 여행지에 대한 설렘을 상상하며 잠자리에 들었다. 꿈결일까, 곤한 잠결에 침대가 쿵, 내려가더니 집을 삼킬 듯 뒤틀리며 흔들렸다. 눈을 감아도 온몸으로 전해지는 공포에 숨이 막혔다. 유체 이탈이라도 할 수 있다면 이 상황을 벗어나고 싶었다. 아무 소리도 듣지 않으려고 이불로 귀를 막았다. 찬장에 그릇이 날카롭게 깨지는 소리에 정신이 드는 순간, 옆자리를 더듬었다. 손이 허공에 닿은 듯 푹 꺼졌다. 진숙이는 빈 이불을 움켜잡았다.

침대가 천천히 진동을 멈추었다. 극도로 예민해진 진숙이는 불구덩이를 벗어난 기분이었다. 고양이도 생존의 법칙을 알아차렸는지 진숙이 곁이 바짝 붙어 도망갈 생각을 않았다. 바깥에는 아파트를 탈출하는 자동차 소리가 부르릉거리고 사람들 소리가 부산했다. 핸드폰이 울렸다.

"진숙아, 일층으로 어서 내려와! 엘리베이터 타지 말고 계단으로 와야 해."

부들부들 떨리는 원국이 목소리였다.

"진숙아, 서남쪽 4킬로 지점 4.9 지진 발생은 본진이 올 전진일 수도 있대."

원국이 보낸 문자가 더 무섭다.

엘리제를 위하여

피아노 연주가 지겹게 흘렀다. 불협화음 하나하나를 짚으며 쓸데없는 신경을 곤두세웠다. 매일 밤 똑같은 곡을 듣는 것도 고문이라 천장을 쾅쾅 쳐올려 봐도 소용없었다. 피아노를 치려면 악보 보고 잘 치라고! 상수가 천장을 향해 퍼부었다.

상수는 만만찮은 독서실비와 부대비용도 아낄 겸 집에서 취업 공부를 마무리하고 있었다. 그런데 난데없는 복병이 있을 줄이야. 이웃과 낯붉히기 싫어 경찰서에 전화를 걸었다.

"대화 아파트입니다. 충간 소음이 너무 심합니다. 좀 도와주세요."

"충간 소음은 감정신청을 받아야 합니다. 야간은 57dB입니다."

상투적인 대답이다. 경찰은 하지 말아야지. 확 올라오는 성질을 엉

뚱한 데 날렸다.

집중력이 문제인가, 화장지로 귀를 막았는데 엘리제가 틈을 뚫고 들어왔다. 한번 시작하면 두 시간을 두드리는 연주가 이어졌다. 피아노 교제 바이엘만 떼면 상수 귀에도 틀린 음은 귀신같이 박혔다.

이판사판 19층 현관문을 두드렸다. "당장 나가라, 꼴도 보기 싫다." 집안에서 웬 악다구니가 들렸다. 부부 싸움인가, 상수가 머뭇거리는데 대머리 남자가 문을 벌컥 열고,

"무슨 일이요?" 화가 난 듯 퉁명스럽다.

"저… 혹시 누가 피아노 치는가요?"

"뭐라카노? 우리 집에 피아노 없어!"

대머리 남자가 상수 가슴팍을 확 떠밀고 문을 쾅 닫았다.

'휴우, 이 무슨 시츄에이션.'

'도대체 어느 집구석이야.'

상수 주먹이 벽을 쾅 쳤다. 잘못 들었나. 엘리제를 위하여 불협화음을 보름 동안 참았는데. 아무리 집중을 해도 책갈피마다 엘리제가 따라왔다. 복도에 나와 소리를 따라가니 사방 벽에서 다 울렸다. 에라, 이왕 나선 김에 마지막 20층 문 앞에서 벨을 눌렀다.

"누구세요?" 남자 목소리다.

"18층에서 왔습니다. 혹시 피아노 치는 사람 있는가요?"

"아, 네, 우리 아이가요. 고등학생이라 늦게 오거든요."

"밤늦게 피아노 연주는 삼가주세요. 저도 공부하는 중입니다."

"네, 음대를 가려고요." 남자는 거듭 허리를 굽혀 미안해한다.

상수는 픽 웃음이 나온다. 그 실력으로 전공을 한다고, 하얀 거짓말을 낯도 붉히지 않네.

오랜만에 엘리제와 멀어지고 일주일이 순조로웠다. 원하는 취업을 하면 이 궁상 맞는 시간을 보상받을까. 나이가 들면서 의구심만 커졌다. 서울 직장을 버리고 내려올 때만 해도 일 년만 책과 씨름하면 거뜬하게 이룰 줄 알았다.

'라라라라 리라 라라 라~' 12시다. 실수겠지. 그러나 연주는 한 번도 쉬지 않는다. 상수는 책을 덮고 누워 천장을 두 층 뛰어올랐다. 베토벤에게 미쳤구나. 밤마다 엘리제를 위하여 밤을 새워. 틀린 음이 고쳐지지 않는 이유는 뭐야. 주제에 편곡이라도 했냐. 범인 얼굴을 그렸다. 쭉 찢어진 눈, 세모 턱, 여드름 멍게 볼때기. 성질대로 피아노를 휘젓는 손가락. 20층으로 인터폰 신호를 보냈다. 엘리제만 울리고 '뚜 뚜' 응답이 없다. 전공 같은 소리 하네. 이웃 다 죽여라. 욕설이 목구멍까지 올라와 막혔다.

다음 그다음 날도 엘리제는 친숙한 듯 상수 방에서 떠들다 사라지곤 했다. 그럴 때마다 상수도 20층 문을 두드렸다. 벨 소리가 울리면 집안에서 쿵쾅거리는 아이 소리와 조용조용한 남자 언쟁이 들렸다. 남자는 현관문을 열고 늘 조심하겠다고 고개를 숙였다. 한번 올라가서 말하고 나면 약발이 일주일이다.

관리실에 경비아저씨가 인터폰을 들고 안절부절못했다. 수험생을 둔 앞집 아줌마가 밤마다 피아노를 치는 집을 찾아달라고 붉으락푸르락거렸다. 우회 작전을 쓰는 아줌마가 나보다 훨씬 현명한 방법을 선택하였다.

엘리제는 밤마다 쉬다 말다 상수 방에 내려왔다. 더 이상 참아내기는 한계점에 도달했다. 책가방을 짐짝처럼 둘러메고 다시 독서실에 가려고 현관을 나섰다. 꼭대기 층에서 멈춘 엘리베이터가 내려오지 않는데 왼쪽 엘리베이터에는 이삿짐이 죽죽 내려왔다. 엘리베이터 문이 열렸다. 가슴에 피아노 교본을 꼭 끌어안은 여자아이의 손을 잡은 20층 남자가 서 있었다. 아이는 당장이라도 달아날 듯 두리번거리는 눈빛이 불안해 보였다.

"그동안 정말 미안했어요. 오늘 주택으로 이사 갑니다."

남자는 언제나처럼 예의 바르다.

"네….."

책가방이 상수 어깨를 무겁게 꾹 누른다.

연륜으로 승화된 삶의 앤솔러지anthology

김이랑(수필가, 평론가)

사람은 살면서 숱한 그림을 몸으로 그린다. 돌담 아래 민들레가 핀 고샅길에서 단발머리 찰랑대던 학원에서, 치열하게 경쟁하는 직장에서 그리고 도회지 변두리 셋방에서, 사람과 몸을 부대끼며 살아온 순간들은 머릿속에 저장된다. 세월이 흘러 옛이야기는 그리움의 뜰에 빛바랜 기억으로 옹기종기 모여있다.

김철순 산문집 『소리를 갈아타다』는 작품의 서사마다 서정이 녹아있다. 그 서정은 단순한 느낌에 머무르지 않는다. 아쉬운, 안타까운, 그리운 같은 일차원적 감정을 넘어 승화된 정서에 닿는다. 그것은 '관조'인데, 관조는 가만히 서서 바라본다고 이루어지지 않는다. 조용한 마음으로 대상의 본질을 바라볼 때 가능하다. 작가는 연륜의 지혜로 자신의 삶과 세상을 바라본다.

내면세계가 복잡하면 주변의 소리에 둔감하다. 작가는 소리에 민감하다. 개구리 울음소리에 빠져드는가 하면 이웃 사람의 소리 없는 아우성에도 귀를 기울인다. 주변에서 나는 소리를 놓치지 않는 사람은 내면이 고요하다. 작가가 클래식 마니아라는 사실은 섬세한 음에서 웅장한 음까지 내면의 음역이 넓다는 뜻이기도 한데, 이는 다양한 스펙트럼의 작품으로 펼쳐진다.

작품은 삶의 다양한 단면을 보여준다. 개똥참외 같은 성근이의 이야기를 들려주고 꽁초 같은 옥이의 기구한 삶을 들려준다. 목화밭을 일구며 지아비를 기다리는 어머니의 곡진한 소망을, 콩나물시루에 물을 주면서 못다 한 꿈을 회상한다. 탁류가 흐르던 칠성천 변의 이야기에서 생존론적 애환을, 주인 없는 화원의 꽃에서 인간의 근원적 갈증 풀어낸다.

작가는 글쓰기를 통해 자신을 치유한다. 한국전쟁에 참전했으나 아직도 돌아오지 않는 아버지를 등장시켜 유복자로서의 그리움을 다독인다. 남편과 작가 사이에 있는 '진돌이'를 통해 어린 날의 고양이 트라우마를 치유 받는다. 매실베개를 베고 향기로운 자리를 찾는다. 그러고는 남편과 봄날의 산책으로 부부의 마음자리에 든다.

수필은 삶의 과정을 기술하는 것이 아니다. 서사의 나열을 넘는 무엇이 없으면 공감에 그치고 만다. 감동, 깨달음, 발견 같은 '있어야 할 것'이 있어야 독자에게 울림을 준다. 독자는 작품을 통해 한 사람이 살아온 여정을 엿보면서 작가의 삶과 철학을 만나게 된다.

작품을 읽다 보면, 작가는 영혼이 맑은 사람이라는 느낌이 든다. 작품에 실린 서사에서 때 묻지 않는 순수가 읽힌다. 사물과 현상을 바라보는 시선은 맑다. 글로 남을 가르치려 들지 않는다. 선지자의 거창한 철학을 빌려오지도 않는다. 자신만의 개똥철학을 주장하지도 않는다. 있는 그대로를 보여주고 들려주면서 그 행간에 자신의 연륜을 가만히 얹는다.

김철순의 작품은 '연륜으로 승화된 삶의 앤솔러지anthology'이다.